欧美当代经典文库

狗狗日记

[奥地利] 蕾娜特·哈宾格尔 / 著

张捷鸿　王怡明 / 译

河北出版传媒集团　河北少年儿童出版社

图书在版编目（CIP）数据

狗狗日记/(奥)哈宾格尔著；张捷鸿, 王怡明译
. -- 石家庄：河北少年儿童出版社, 2015.6
（欧美当代经典文库）
ISBN 978-7-5376-7540-6

Ⅰ.①狗… Ⅱ.①哈… ②张… ③王… Ⅲ.①儿童文
学—中篇小说—奥地利—现代 Ⅳ.①I521.84

中国版本图书馆CIP数据核字(2015)第145019号

WIR PASSEN WUNDERBAR ZUSAMMEN! SCHNUFFELS HUNDETAGEBUCH
Boje Verlag in the Bastei Lübbe Gmbh & Co. KG
© 2009 by Bastei Lübbe GmbH & Co. KG, Köln

著作权合同登记号　冀图登字 03-2013-108

欧美当代经典文库　狗狗日记

著　　者	[奥地利]蕾娜特·哈宾格尔
译　　者	张捷鸿　王怡明
策划监制	敖　德
责任编辑	张　昕
特约编辑	火棘果子　徐岱楠　李困困
出　　版	河北出版传媒集团　河北少年儿童出版社
地　　址	河北省石家庄市中华南大街172号　050051
印　　刷	北京盛通印刷股份有限公司
发　　行	全国新华书店
开　　本	880毫米×1230毫米　1 / 32
印　　张	5.25
版　　次	2015年9月第1版
印　　次	2015年9月第1次印刷
印　　数	1-8000
书　　号	ISBN 978-7-5376-7540-6
定　　价	18.00元

序

刘绪源

　　这套"欧美当代经典文库"规模相当大，共有五十来种。时间跨度也不小，几位十九世纪末出生的作者也被收入囊中——可见这里的"当代"是用以区别于"古代"的概念，它包含了通常意义上的"近代"和"现代"。这样一套书的启动与陆续出版，是一件令人兴奋的事。将近二十年前，在我的理论书稿《儿童文学的三大母题》付印出版的时候，就曾暗想，如果有一套内容丰富多彩的世界儿童文学的翻译作品集能同时问世，如果读者在读这本理论书时，可以不断从译作中找到相关的作品及体验，那该有多好！当时这话是不敢和人说的，因为拙著还没受到读者和时间的检验，是否站得住脚，实在毫无把握。现在，虽然书已印了三版，但仍须接受读者和时间的检验，仍不敢肯定它是否站得住脚，而我还是渴望有一套大型翻译作品集可与之对读。不是说要用作品来证明自己理论的正确，而是可以通过这样的书引发更多读者、研究者和爱好者的共同思考。这样思考的结果，可能恰恰证明了拙著的不正确或不严密，而这更为喜人——这不就使理论得到突破，使认识得到了推进吗？中国从来就有"左图右史"之说，这可指图与史的对读，也可引申为形象思维与逻辑思维的互补，阅读作品与理论思考的互参。所以，借此重提我的一些粗浅的思考，无非就是抛砖引玉的意思。

在《儿童文学的三大母题》中，我把儿童文学大致分为"爱的母题""顽童的母题"与"自然的母题"，这样就可发现，各个种类的、差异极大的儿童文学作品，其实是同样合乎法则的，它们会从不同角度帮助不同年龄的儿童获取审美感受，体验世界和人生，并得到文学的乐趣。而此前，我们的眼光是非常局限的，不习惯于将各类作品尽收眼底，因而常有人理直气壮地排斥一些自己所不熟悉的创作。这里，"爱的母题"体现了成人对儿童的视角，

"顽童的母题"体现了儿童对成人的视角，"自然的母题"则是儿童与成人共同的面向无限广阔的大自然的视角。在"爱的母题"中又分出"母爱型"与"父爱型"两类，前者是指那些对于幼儿的温馨的爱的传递，如《白雪公主》《睡美人》《小红帽》等早期童话都属此类，从这里找不到多少教育性，甚至故事编得也不严密，但世代流传，广受欢迎，各国的母亲和儿童都喜欢；后者则是指那些相对较为严肃的儿童文学，它们要帮助孩子逐步认识体验真实的世界和严峻的人生，所谓"教育性"更多地体现在这类作品中。但真正好的"父爱型"作品也必须是审美的，它们让儿童在审美中自然地引发对自己人生的思考，而不应有说教的成分——它们仍应像上好的水果，而不应像治病的药。

我欣喜地看到，在这套大书中，"三大母题"都有丰满的体现。一眼望去，满目灿烂，应接不暇。这里既有《小熊温尼·菩》《蜜蜂玛雅历险记》《小袋鼠和他的朋友们》等"母爱型"作品；也有《野丫头凯蒂》《疯狂麦基》《老人与海》等"父爱型"作品；更有《马戏小子》《傻瓜城》等"顽童型"

作品，还有《狗狗日记》等合乎"自然母题"的佳作。有些作品可以说是不同母题的结合。如翻译家李士勋先生新译的《魑蝠小子》四部曲，细致生动地刻画了吸血蝙蝠的特性，却又加入了合理地改造这种动物的构思和设想，这就在"自然的母题"基础上添入了"母爱型"的内容，使其具有了一点儿近乎"科幻"的成分，这是很有趣的文学现象。细读这套书中的各类作品，一定会有更多更新鲜的发现。这是很令人期待的。

这套书让人百读不厌，它们既吸引尚不识字的幼童，也会使八十岁的老人为之着迷。刚刚译毕的德国作家邦瑟尔斯的《蜜蜂玛雅历险记》，初版于1912年，距今已一百多年了，在德国和世界各地，三岁的孩子入睡前常会要父母给他们念一段这个小蜜蜂的故事，可是据熟悉此书的朋友介绍，爱读这本童话的成年人，一点儿不比儿童少。曾获诺贝尔文学奖的海明威的《老人与海》，本来不是给孩子写的，现在奉献给少年读者，同样非常合适。这说明了什么？我以为，这恰好证明了一点：真正第一流的儿童文学，应该是儿童喜欢，成人也喜欢的；它们在儿童文学里是一流精品，拿到成人文学里去比一下，毫无疑问，应该还是一流！如果一部作品孩子看着喜欢，成人一看就觉得虚假造作粗劣无趣，它的价值就十分可疑。同样，一部作品在儿童文学领域听到了一点儿好话，拿到成人文学中去一比就显得水平低下，如还要说这是精品，就很难服人。当然这里要排除成人的一些偏见，比如儿童书一定要"有用"，要能马上帮助孩子改正缺点，等等，就都属于不合理的要求。排除了这些久已有之的偏见，成人的艺术修养、审美能力、辨别能力等，肯定都在孩子之上。所以请成人在替孩子买书时自己也读一读，这也有益于成人和孩子间的交流。本丛书中的大部分作品，正是那种孩子喜欢、成人也喜欢的精品。

还有一点需要补说的，是为什么在完成《儿童文学的三大母题》时，我想到的可与之对读的是一套优秀翻译作品集，而不是一套中国原创作品集。那是因为，当年（20世纪90年代初）中国作家的儿童文学创作，还不足以证明儿童文学的确存在这样三大母题，它们应具有同样的合法性。如前所说，那时强调更多的恰恰还是"有用"，即有"教育意义"——这些作品中的佼佼者或可归入"父爱型"的母题中去，但儿童文学怎能只有这半个母题？这不太单调了吗？所以我才会投入这样的研究。我研究中所参照的，正是全世界的我所能看到的最好的儿童文学。现在，中国儿童文学已有长足的发展，但阅读和参照最优秀的世界儿童文学精品，仍是我们的必修课，并且是终身必修的美好课程。对于儿童读者来说，大量的优秀译作更是他们所渴望和急需的。现在评论界和出版界似有一种倾向，即为保护和推动国内作家的创作，总想能限制一下对外国作品的引进，以便将地盘留给本土作品。我以为这是很没志气的想法。当年鲁迅先生极端重视翻译，他甚至认为翻译比创作还重要，他把好的译者比作古希腊神话中为人类"窃火"的普罗米修斯，有了火种，人类才会发展到今天。这一比喻在儿童文学界也同样适用。举例而言，20世纪70年代末，如没有任溶溶先生一气译出八种林格伦的"顽童型"作品（包括《长袜子皮皮》《小飞人》等），中国儿童文学会那么快地发展到今天吗？所以，到了今天，我们的儿童文学创作仍需向世界一流作品看齐，我们的佳作还不够多，问题仍然不少，因此，鲁迅的比喻仍没过时。现在我们常说的"三个代表"中，有一个代表指的是"代表先进文化"，世界最优秀的儿童文学就是先进文化，只有在这样的文化充分引进之后，本土文化与这样的文化有了充分的交融和碰撞，本土文化才会得以提升并具有同样的先进性。如把先进文化关在门外，以此保护本土文化，那本土文化就不可能发展。所以，为了中国一代一代的孩子，也为了中国儿童文学的今天和明天，必须有更多的翻译家和出版家，把眼光投向最好的儿童文学，不管它们出自哪个国度，我们都应尽快地"拿来"。我愿把最美的花朵献给这样的翻译家和出版家们！

2013年4月28日写于北京远望楼

献给塞西莉亚和路易斯

九月　　十月　　十一月

九月
- 6　我出生了！和我的七个兄弟姐妹一起！
- 10　眼前一片昏暗，但是很温暖。
- 16　我的眼睛睁开了！一切是那么那么明亮！
- 22　在花园里玩儿小树枝
- 24　玩儿树叶
- 27　在花草中睡觉
- 29　和妈妈在草丛中喝水

十月
- 4　在太阳下追逐
- 6　和小花玩儿
- 9　在这里休息
- 24　玛丽得到一个项圈
- 29　搬家了！
- 30　有了自己的主人
- 31　主人的家，我的家

十一月
- 1　和主人的父母一起在花园里劳动
- 3　Ⓜ
- 4　第一次看医生 Ⓜ 我了4千克了
- 6　→ Ⓜ
- 7　和很多狗狗见面
- 10　Ⓜ 又长了750克
- 12　去玛丽家 → Ⓜ
- 13　玩儿树叶
- 14　无所事事
- 17　Ⓜ 又一次和玛丽一起玩儿
- 20　我的新羊皮
- 24　Ⓜ
- 26　又去找玛丽玩儿了 Ⓜ
- 27　去看马努埃尔
- 28　和爷爷奶奶、罗莎、路德维希、雷尼、特别是路博在一起
- 30　♥ 路博走了！

玛丽 = Ⓜ　　♥ = 路博

每3~4周要打一次疫苗

十二月	一月	二月
1 看医生，打针	1 →进城，和马努埃尔 一起	1 在医生那里买东西
2	2	2
3	3	3
4	4	4 踏雪远足，堆雪人
5 和马努埃尔在动物园	5	5
6 长了新牙	6 又长了两颗牙	6 又长出两颗牙齿！
7 第一次堆雪人	7	7
8	8	8
9	9	9
10	10	10 →进城
11 散步，一直走到	11 百无聊赖	11
12 河中 浅滩	12	12
13	13	13
14	14 玩儿瓶子	14
15 →进城	15 和马努埃尔玩儿	15 在宠物理发师那里
16 生病了！	16 玩儿发卷	16
17	17	17
18	18 去路博家→	18
19 唱圣歌	19	19 去看马努埃尔
20	20 走了很远很远的路	20
21	21	21
22 给路博当模特	22	22
23 打完针了！	23 终于回家了！	23
24 圣诞夜	24	24
25 →去主人父母、	25 又一次外出，旅行	25 →进城
26 奶奶家玩儿	26	26
27 路博带着绳子	27	27
28 去玛丽家	28	28 →进城
29	29 去看马努埃尔	
30	30	
31 新年前夜	31	

※ 我的牙齿是这样长出来的：先长出两颗门牙，然后是门牙两边的牙，然后又长出两颗小牙，六个月以后，那两颗最长的牙才长出来。

ü = ü

三月	四月	五月
1	1 ♥	1 去看马努埃尔
2 Ⓜ	2 ü	2
3	3 马努埃尔回来	3 去主人父母家
4	4 主人外出，我去玛丽家	4 鸭子在孵小鸭！
5 终于去宠物学校了！	5	5
6 去马努埃尔那里 ✺！	6	6 看电视
7 主人病了	7 Ⓜ ○ ♥	7 没去宠物学校 ♥！
8	8 ü	8
9	9 去主人父母家，	9
10 回家了	10 她又要外出了	10 ü
11 ♥	11	11 Ⓜ
12 去宠物学校	12 ♥	12 →进城
13 ü	13 Ⓜ	13
14 →旅行	14	14 去宠物学校
15	15 ü	15
16 Ⓜ ü	16 去宠物学校	16 ♥
17 →进城	17	17 ü
18	18 →进城 ü	18 Ⓜ
19 去宠物学校	19 ♥	19
20 第一次抬起来撒尿	20 Ⓜ	20 去看莉莉！
21 ü	21	21 去宠物学校
22 ♥	22 ü	22 ü
23	23 去宠物学校	23 ♥ 第一次杂技表演！
24 →旅行	24	24
25 ü	25	25
26 去宠物学校	26 Ⓜ	26 ü
27 ü	27 →进城	27
28 ☀♥	28 ü	28 去宠物学校
29	29 ♥	29 去玛丽家→ Ⓜ
30 →进城	30 去宠物学校	30 ♥
31 Ⓜ		31 ü

✺！今天我已经六个月，半岁了呀！我的犬牙已经长出来了！

犬牙→

六月	七月	八月	九月
1 Ⓜ	1	1 ♥ L	1
2	2 游泳	2 Ü	2 Ü
3 Ü	3 去看马努埃尔	3 剪毛	3 ♥
4 从宠物学校毕业!	4 Ü L	4	4
5 去主人父母家	5	5 训练，太热了!	5
6	6 去看玛丽→ Ⓜ	6 今天我一岁了!!!	6
7 ! 六个月以后就要打虫子	7 →进城	7	7
8 八只小鸭子! L	8 ♥ Ü	8 ♥	
9	9 太热了	9	
10 庆祝主人得奖!!!	10	10 去看玛丽→ Ⓜ	
11	11	11	
12 Ü	12	12 Ü	
13	13	13 ! 主人的生日	
14	14 ♥ Ü	14	
15 Ⓜ Ü	15	15	
16 发生了奇迹! ✳	16	16 Ü	
17 登山	17	17	
18	18	18 ♥	
19 Ü	19 Ü	19 →进城	
20 ♥	20	20	
21 →进城	21	21 训练，为了杂技表演	
22 Ⓜ	22 Ü	22	
23 Ü	23 ♥	23 Ⓜ	
24	24 去看玛丽 Ⓜ	24	
25 去看马努埃尔	25	25 雨过天晴，游泳	
26	26	26	
27 ♥	27 Ü	27	
28	28 →进城	28	
29 Ⓜ	29	29 热得受不了!	
30 Ü	30	30	
	31	31 Ⓜ	

现在进入假期，我们全家经常开车去看玛丽！

✳ 这说明我性成熟了。

九月

9月6日

今天是属于我的日子，我来到了这个世界上。和我一起降生的还有我的七个兄弟姐妹。真是值得庆贺的一天！

我看起来不像我的老爸吗？头发乱蓬蓬的，跟我们在南方阿尔加维的那些亲戚一样。那里是葡萄牙水犬①的诞生地。葡萄牙水犬是最棒的游泳健将，也最擅长讲故事。让我来告诉你：航海家是怎么被救起来的，他们是怎么到的新大陆——也就是现在的美国，还有那可怕的足有房子那么高的巨浪！当然啦，水犬是用他们的航海术语来讲述这一切的！一切的一切，还包括鲨鱼啦，庞大的鱼群啦，收网者当中的冠军啦——我亲戚们说的冠军可不是指那些葡萄牙的渔民！

---

① 葡萄牙水犬：原生于葡萄牙的海岸地带，是葡萄牙阿尔加维地区渔民饲养的品种，优秀的游泳者和潜水者，具有特殊的才干和毅力。它常从事把鱼赶入渔网、在海中寻回失落的渔具、在小船间或小船与陆地间传递消息等工作，英勇无畏，兢兢业业。可以全天候工作，是非常实用的工作犬。

妈妈总是不相信我们和她有血缘关系。她是最最美丽的金黄色猎犬，想象一下你就能知道她有多美。而我们八个小家伙却是清一色的黑，黑，黑！混血狗狗嘛。妈妈说："爱情的种子，总会生长出美好的果实。"

皮毛: *黑色*

眼睛: *蓝色（暂时的）*

耳朵: *耷拉着*

9 月 16 日

我的妈妈是世界上最有爱心的妈妈。

她的身体是那么柔软那么暖和，还散发着童话般的香气:潮湿的泥土，新鲜的草地，醉人的香草，涩涩的树皮，还有一点点混凝土粉尘的气味，当然最主要的是她散发着一种妈妈——妈妈——妈妈的味道！

妈妈的奶水甜甜的，我可以靠着她整小时整小时地吸吮。然后把脑袋枕在她热乎乎的肚子上，爪子和后背搭靠在我的兄弟姐妹们身上，安然睡去。

我已经能看清兄弟姐妹们的样子了，但我更熟悉他们的气味。我也认识了妈妈那金色的皮毛，认识了我们兄弟姐妹簇拥在一起时垫在身下的毯子，认识了我们的安乐窝，也就是车库。

　　每当阳光明媚的时候，妈妈就把我们带到院子里去。一开始我只能眯缝着眼睛，因为地下室外面的一切都是那么明亮、刺眼。可是现在好多了，我可以随心所欲地睁开或闭上眼睛。视线里还有一个小狗狗的鼻子，这样看起东西来还真的有点儿碍事，不过这完全没有关系。

　　我有一个让我骄傲的鼻子！

妈妈：*猎犬*
爸爸：*葡萄牙水犬*
一个祖母和一个祖父：*是纯黑色的*

十月

10 月 19 日

　　我的牙齿白得反光，而且尖利无比。这是我的乳牙。用它们我能稳稳地叼住一切。其实我的嘴就像人类的手一样。有的家伙会在我的牙齿碰到他们手指的时候"啊！啊！啊！"地大叫起来。这时妈妈会低沉地咕噜几声以示劝阻，但声音很小。

　　我的身体不断地长啊长啊，我的牙齿也跟着长啊长啊。妈妈什么都知道。有时候她会把我们兄弟姐妹推开，那是当她实在无法忍受我们对她啃咬的时候。然后她会径自离开，享受片刻的安静。

　　现在妈妈的女主人已经决定，我们可以离开这里并拥有各自的新主人了。

尾巴：尖尖的
鼻子：对一切充满好奇
肚皮：粉红色

10 月 24 日

好多好多人来看我们，这对我来说有点儿太闹腾了。我还小呢，小得很呢！我宁愿藏在躺椅下面的安乐窝里。让我舒舒服服地躺在软靠垫上，好好看看这些访客吧：两位女士，一位先生，还有弗洛。我怎么才能知道这两位女士中的哪一位会是我未来的主人呢！这位女士自己都不知道呢，因为这对她来说是一个最隐秘的愿望。

弗洛倒是已经打定主意了：他无论如何也要从我们当中挑一个。我们的魅力是任何人都无法抗拒的！我那腿脚麻利的姐姐紧跟在弗洛的身后跑来跑去，他一下子就喜欢上了姐姐，说道："我就要你了。"姐姐摇晃着尾巴，脖子上马上被套上了红色的项圈。但她还可以跟我们再待一会儿，当然是为了玩儿啦。

10 月 30 日

今天我搬新家了！简直太突然了！

事情是这样的：就在今天下午，那个总让人昏昏欲睡的时候，那位女士又来了，就是那位心里藏着一个很隐秘的愿望的女士。陪她一起来的还有一位先生，长得高高大大的。我警惕地嗅了嗅这两位来访者，他俩的味道闻起来还不错。然后我就走开了，要知道，我已经是一只有主的狗狗了。

当那位女士又一次看到我们兄弟姐妹的时候，瞬间就变得激动不已了。那位名叫马努埃尔的先生也是这样。我们的魅力就是这么不可抗拒，我必须再次强调。

接下去，那位女士说她自从来过这里以后，我们就一直出现在她的梦里。不管白天黑夜，一直念念不忘，整整一个星期都这样。凡是心里有了隐秘愿望的人都是这个样子。

可是我们几个已经全都有主了。我是被人电话预定的。那位女士惊讶地扬起眉毛，表情有点儿奇怪。然后她和马努埃尔先生一起，温和而恳切地劝说妈妈的主人，让她找一个借口把我留下。于是，妈妈的主人给之前预定我的那个人打了电话："对不起，真是太抱歉了，我先生不知道您预定的狗狗已经有主人了！"

我们就这样成了一家人！那位

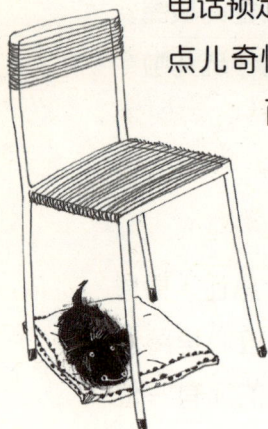

6

女士马上就把我带走了。可她什么都没有为我准备！简直是一无所有！没有项圈，没有狗狗皮带，没有小篮子，更没有狗粮和小甜饼，（天哪！）甚至没有人陪我们回家！就连马努埃尔先生也不陪我们，因为他要去的地方跟我们的方向完全相反。

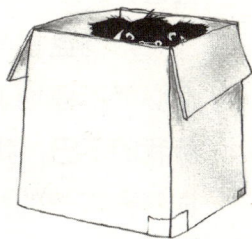

这一路上都是我的新主人抱着我，安慰着我，因为，当要离开家的时候，我还是忍不住轻轻地哭了。尽管我马上就不再是一个狗宝宝了，我不撒谎！

这是一次长途旅行，为了让我适应他们的大汽车——像巡洋舰一样大——女主人把我放到一个小纸箱里，里面铺着一块狗狗垫。但是待在箱子里真让我太不自在了，好在主人终于坐到了我身边。

我们水犬之所以威名远扬，不仅仅因为我们是游泳健将。是的，除此之外我们还是攀爬高手！现在我就能向你证明这一点！我从箱子里爬出来，小心地爬到主人膝间。这种大汽车在刚开始发动时总是摇晃得厉害，几乎像船舶遇上了滔天巨浪。我在主人的膝间维持着平衡，这样她很快就能得知我的位置，靠近我并给我温暖。

方向盘是个让脑子一刻也不能分神的东西，人们必须不停地调整它。主人的膝盖恰到好处地支撑着我的下巴，我伸了个懒腰，舒舒服服地睡了过去。直到要下车的时候，我才醒了过来。到了，这儿就是我的新家了。

在这里，我有两条狗狗皮带、姜汁饼、一块汽车上用的毯子和一切的一切。而最让我高兴的是，我们再也不用坐汽车了。"这种事绝对不会再发生了，除非是非常特殊的情况。"女主人这样告诉我。

反正我的身体很快就会大得不能被任何人抱在怀里了，除非他是一头大象。

擅长：用鼻子闻
癖好：用舌头舔
天赋：睡大觉

10 月 31 日

今天是我来到新家的

第一天！一切都是那么让人兴奋。我已经在卧室里、大门口和厨房里发现了很多新东西。最终我应该闭着眼睛也能找到我的窝，上上下下、里里外外，每一个犄角旮旯儿我都应该记在心里：长凳底下的那些角角落落，沙发背面的缝隙，还有窗帘后的鞋柜。对我而言，家里不存在任何秘密的东西，更不用说玩具了，它们的味道是那么好闻。

这儿的一切都是属于我的，包括我的两个窝：一个小一点儿的窝，还有一个大一些的。小窝在板凳底下，在一个大大的盒子里，（毕竟我还要长啊。）里面铺着一块精致的小毯子，最适合撕扯着玩儿。我很喜欢啃咬盒子，这对我来说是非常非常有必要的，经常性的啃咬对牙齿和心情都有好处。

我的大窝横在桌子下面，那里有足够大的空间让我舒展筋骨、偷懒打滚儿，甚至追着自己的尾巴玩儿。生活有时真的很辛苦。如果我实在是精疲力尽，累得要命的话，我会随时随地倒头就睡。绝不骗你。

这期间我一直都在寻找一个合适的地方来解决我的"内急"。在大桌子旁边好呢，还是在大桌子下面好呢？和妈妈一起住在车库里的时候我们都是这样干的。

还没等我尿完，只听见"啊呀，你干的好事！"我的主人吼着走了过来，手里拿着玩具手帕。终于可以干点儿什么了，一个新游戏！我"嗖"地一下子蹿了出去，可是手帕怎么闻起来有股酸臭味——并不是我平时最喜欢的味道。它可能只有一半时间是用来玩儿的，更多的时候它是一块抹布。真遗憾！

嗯，主人的味道！

本来我完全可以待在那儿，可是现在呢，被抹布擦过的地方我连闻一下的兴趣都没有了。为了解决"内急"，我必须另外找一个地方。

这就是我和主人一同度过的第一天。第一天我还不懂必须要到外面去拉屎和撒尿。不仅这整栋房子都属于我，而且还有一个巨大的花园属于这套房子。这个花园大得无边无沿，仿佛延伸到了世界尽头一般，大得让我一下子都嗅不过来。而最让我喜欢它的原因是：它简直就是为我准备的！为了保险起见，我得马上留下点儿什么，四面八方，到处都留下我特有的味道，这样大家就都知道花园是我的了。

水手水犬的语言：

起航 = 出发

排水 = 把水从船里舀出去

帽子里装满了风 = 说大话

这里住着我们：主人和我

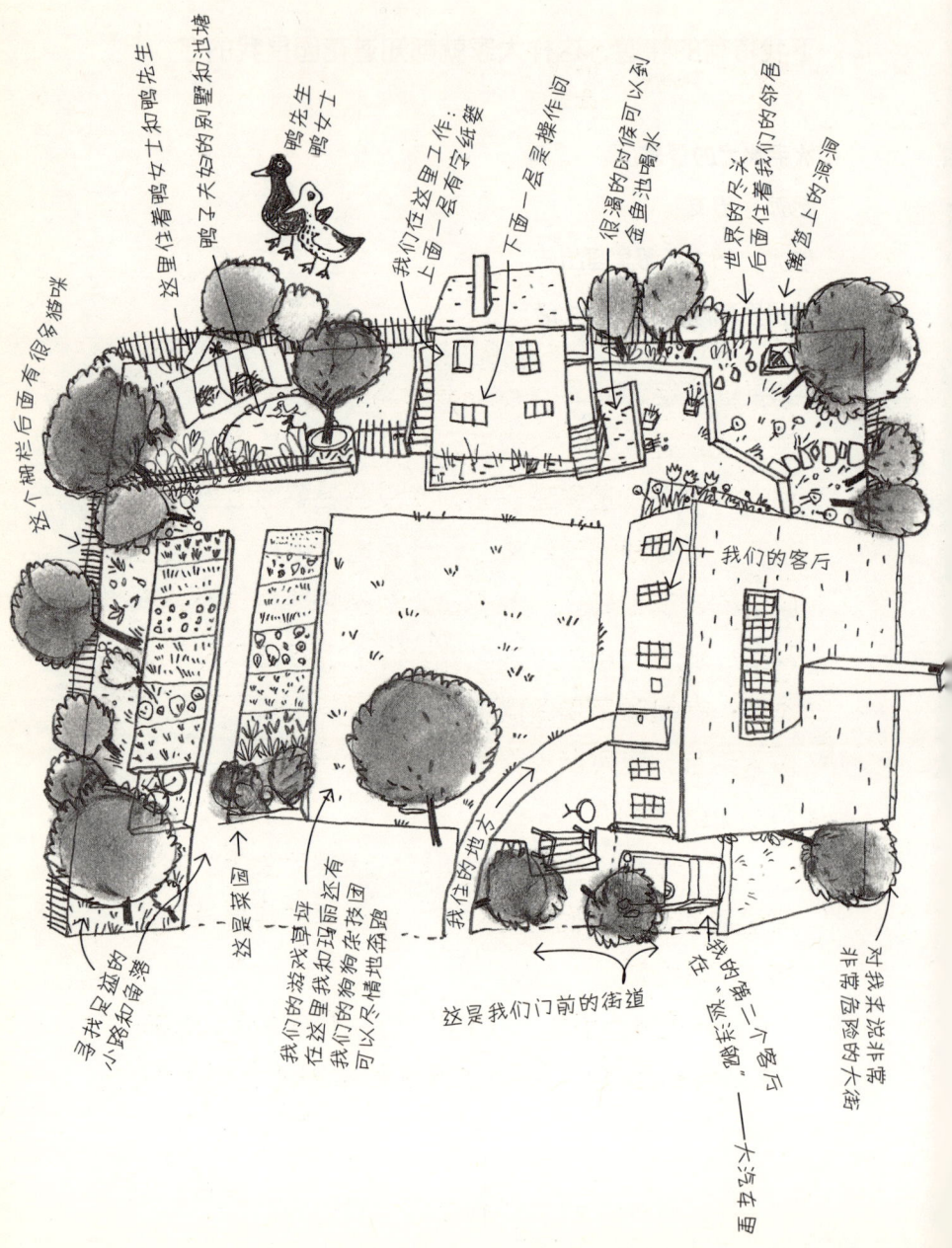

这个栅栏后面有很多搁咪

这里住着鸭女士和鸭先生的别墅和池塘

鸭女士
鸭先生

我们在这里工作：
上面一名有字纸篓

下面一层灵操作间

很渴的时候可以到金鱼池喝水

世界的尽头后面住着我们的邻居

离爸爸洞洞的工作

我们的客厅

这是我的地方

这是菜园 →

寻找足迹的小路和角落

我们的游戏真场在这里我和玛丽还有我们的狗尔技园可以尽情地奔跑

这是我们门前的街道

对我来说非常非常危险的大街

在绿的第二个客厅

叫做"派对汪题"——大汽车

十一月

11月1日

那块臭抹布可以休假了。

现在，主人和我经常相伴来到花园中。"每小时都要出来走走哦。"她说。经常透透气有好处，无论是对我还是对主人。现在，我已经没兴趣再在屋子里找一个地方拉屎撒尿了。我嗅遍了草地上所有的足迹，我知道谁曾经来过，什么时候来的，他们当中谁的味道很特别，他们今天心情好不好，高兴不高兴。随着外出的增加，我对周围的环境越来越熟悉了。在熟悉环境的同时我还要多加小心，不能和主人走散，当然能近距离看到她就行啦。这是我从妈妈那里学到的。

今天下午，主人的爸爸妈妈到家里来了。我旋风般地冲过去跟他们打招呼，毕竟他们都是重要人物，不是吗？

"认真行点旗礼！"爸爸以前总是神情严肃地说，"不然会有麻烦！"爸爸的先辈们常跟随大船出海。

"行点旗礼"是水手们的专业语言。水手们把旗降下后再升起来，表示致敬，这就叫行点旗礼。

主人的父母马上就喜欢上了我，所以我可以摆弄他们的鞋子，拉扯他们的裤腿。

然后我们都要去花园里干点儿活儿。我还是打算先闻闻他们的足迹。玛尔德的味道是我特别喜欢的，我循着她的足迹到处走。不久我又开始拨弄那些花花草草，或者更直接地说，就是摆弄花园里的各种东西。当我奔跑的时候当然最好绕着圈跑，以便我观察大家是否一切正常，也便于向他们摇尾巴示意。还好，目前他们都在。

我简直太兴奋了！劳动的确给我带来快乐！在新鲜的被修剪过的蓝莓枝上磨牙，或者在秸秆堆上东扯西拽，都是我喜欢干的事。

我们终于又能进屋了，因为我已经累垮了。咖啡我不喜欢，它闻上去太酸了，闻多了会有晕船的感觉。我还是更爱奶酪，或者放了麦片和水的酸奶。我的确超级喜爱甜食。在这之后，我在大号安乐窝里找了块垫子盖在脚部，然后蜷缩着睡去了。

我们无论如何也要经常在花园里劳动！

11 月 2 日

　　我与主人现在形影不离。即便她总是风风火火地上路，我也总能在她还没有坐好之前就已经就位。此时主人正坐在火炉前，我"嗖"地一下趴在了她脚上。真舒服啊！

　　我已经完全把这里当作自己的家了。厨房是我最喜欢的地方——这里闻起来那么香，真好闻，待在这儿真是一种享受。不仅如此，厨房里还有我的两个大碗：一个用来装水，一个用来装食物。可惜的是，装食物的碗不像盛水的碗那样：总是满满的。如果依着我，我绝不会每天只吃五次，我会吃它个十次八次，把大碗吃个底朝天。

我的大碗！

我还知道怎样让主人给我加餐：使劲儿地把鼻子伸向空空的碗底。然后眼巴巴地瞅着主人，充满疑惑地把脑袋一歪。

　　她立刻就能明白我的意思。甚至还会为我准备餐后点心：一份狗狗咸棍。我立刻把它叼到我的领地——一个水果箱子里。箱子已经缺了两个角，它们已经像磨牙棒一样进了我的肚子。现在，这箱子的唯一用途就是被我拖到各个不同的地方：椅子底下，沙发前头，长凳下面，或者壁炉跟前。

　　我已经掌握了拖着东西穿梭于各个地带的本领，都快赶上我的祖先拖渔网了。有时我会梦到他们——我的曾曾曾祖母、祖父、伯伯、姑姑们。这些梦是我所向往的最美的梦境：在狂风大作的海里，无数的鱼正在游泳。我们水犬把它们统统赶到渔网中。作为奖励，我们从兴高采烈的主人那里得到丰盛的美食和亲昵的拍打；或者在海上遇到了惊涛骇浪，有人从甲板上掉落水中，我们当中的勇士纵身跳下，紧紧咬住他的上衣，艰难地将他拖上船，救了他一命。因为无论是和人类还是和其他的狗类相比，我们水犬都是世界上最棒的游泳健将。

每当梦到这种情景时，我都觉得自己的四肢在来回挥舞。有时候在我深深的梦境里还会听到尖细的叹息声。这会是谁呢？

年龄：已经足够大啦

体重：3.6千克

身高：还是那么——矮

11 月 3 日

　　今天家里来客人了！玛丽来到了家里，她是我的姐姐，戴着红色的蝴蝶结。因为弗洛去上学了，而他的父母都要工作，玛丽不能独自待在家里，所以到我们家来，和我们在一块儿。从现在起，她每周都会来一次。我们在一起都要玩儿疯了，在我的水果箱子里，在我的大窝里，在其他的任何地方。真是超级开心！

　　主人还允许我们去花园里追逐，打滚儿，当然也是为了让我们撒尿方便。我们两个一起玩儿，不管玩儿什么都更有意思了！我已经很会揪扯对手的耳朵了，玛丽自然也会。但我绝不会让她欺负我。

我们的主人也都很开心。中午的时候大家聚在一起，聊天、玩儿游戏、开玩笑、吃饭，然后又稍微休息了一下。非常非常遗憾，如果每天都是这样该多好啊！

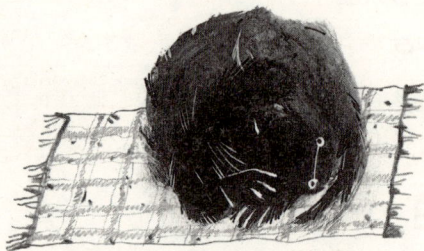

11月4日

现在我有名字啦，一个非常适合我的名字，叫作施奴佛①！因为我最喜欢用鼻子去探索这个世界。狗狗施奴佛，狗狗中的嗅觉之王。我对这个名字非常满意。如果我注意听，有时会听到主人叫我的名字。这时我就会旋风般地跑过去，好奇地看着她，是要给我奖赏呢，还是想玩儿个小游戏？不然你为什么叫我呢？

只要有吃的，让我做什么都行。但必须是好吃的，而且好不好吃要由我自己来判断。碗里那些小

①施奴佛（Schnuffel）在德语中与"嗅""闻"近似。

肉干儿，我本来是可以吃掉的，可是它们看上去让人一点儿食欲也没有。没有别的美味搭配着，光吃肉干儿我可不干。主人知道我不爱吃，她尝试用各种方法诱惑我，让我吃下这些干巴巴的东西，可她却不跟我一起吃。对别的动物的食物她会尝一下吗？

跟我们生活在一起的还有一些伙伴：前厅的入口处有两位绿色的河马女士，她们充当门卫的角色；游泳池里的两只鸭子，他们有自己的鸭舍；壁炉台上坐

着三只百无聊赖的猫咪。大点儿的那只永远举着一根挂着小鱼的鱼竿，上面的鱼他只看不吃。这种事在我这种渔夫出身的狗狗身上从来不会发生。除了这些伙伴，我们这儿还有各种各样的蜘蛛，主人说，春天的时候还会有成群结队的蚂蚁出洞。可是谁知道，再过多久春天才会到来呢？

反正和他们比起来，我才是最最重要的！

爪子：四只，相当大
眼睛：两个，视线锐利
尾巴：一条，一刻也不安静

11 月 5 日

最新消息！我们重新布置了整个客厅，完全是为了我啊！

我得到了一块地毯，这样我就再也不会滑倒，不会把鼻子摔破了。木地板尽管很漂亮，但对我来说不太适合，极有可能因为地滑刹不住脚步而摔掉我的一颗牙齿。

和我们住在一起的还有：

三只坐着的猫咪

蜘蛛

两只黑猫

一只虎皮猫
嗯，还有一条鱼

鸭女士和鸭先生的别墅

花园里的池塘

蚂蚁出洞

两位绿色的河马女士，戴着树叶形状的彩带

日夜守在门口

这块地毯简直棒极了，不仅足够大，而且是漂亮的红色，正好放在沙发和桌子之间。

沙发只属于主人一个人，当她把脚垂下来的时候，我正好可以趴在她脚边，当然更好的是趴在她的脚上。大桌子下的那块地盘是我专属的。沙发与桌子之间成了我们共同的"草地运动场"。当然我马上就玩儿起了最喜爱的游戏：和主人的一条打了结的连裤袜玩儿拔河，最终还是我胜利了。我把四个爪子使劲儿地撑在地毯上，将有弹性的袜子扯出许多洞洞来。

门忽然开了，马努埃尔先生走了进来。他非常了不起，并且也像女主人一样喜欢我。他知道女主人喜欢什么，了解她心里最最隐秘的愿望——也就是她渴望拥有一只狗狗的愿望，并且帮她实现了这个愿望。现在主人拥有了我——一只叫施奴佛的狗狗。人人都该有一位像马努埃尔先生那样的朋友。

马努埃尔很擅长和狗狗打交道，甚至还学了生物学。他了解狗狗的各种习性，特别是他知道我喜欢什么，那就是玩儿！玩儿！玩儿！我们把所有的玩具都从我的玩具盒里取了出来：小胖子——一个两头打了结的粗线绳、一个大球、一个更大的球、会发出怪叫的河马和绳子。玩儿我们最喜欢的游戏：马努埃尔先把报纸捏成一个纸团，把它随意丢出去，然后我们两个一起疯狂地去追。

后来我们俩便就地躺在地毯上，紧紧地挨在一起。马努埃尔在我耳后为我挠痒，我最喜欢这样了。作为报答我就舔他的手，这也是他最喜欢的。

可惜在这之后他就去了前厅，换上了他的鞋。我很自然地跟着他，希望也有一双给我的鞋。我隐约记得有轻轻倒在地上的感觉，还能感觉到身子下面软软的鞋子。更多的就记不得了，想必是睡着了。

11 月 6 日

今天我们去了玛丽姐姐的家。她家一点儿都不远。进了我们的"巡洋舰"，起程！我的宝座在汽车后座上，还没等我调整到一个舒服的姿势，我们就已经到了。

玛丽家的环境也很优美，旁边就是一片树林。下车之后我立刻放了一个"臭弹"，这是留给那些后面的客人的。然后我迫不及待地扑向

看吧，这些都是我的玩具：

一条柔软的手绢，可以拿它来回舞动

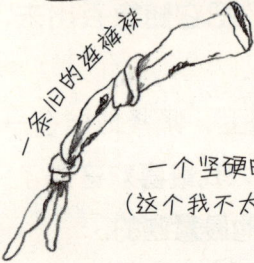

一条旧的连裤袜

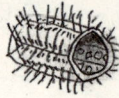

一个发卷
（我自己找到的）

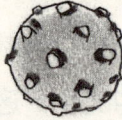

一个坚硬的球球
（这个我不太喜欢）

会叫的河马

一个两头打结的"小胖子"，用来扯呀拽呀什么的

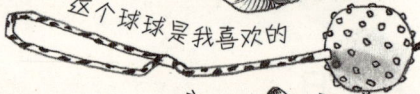

这个球球是我喜欢的

我的布章鱼

主人的 手套

好闻极了

这个部位让人惊喜，
当我啃它的时候会发出
尖利的声音

玛丽。跟我们家不同的是：这里的花园有栅栏。主人允许我们独自待在外面，跑也好，跳也好，打滚儿、撕咬、舔食也好，反正一切都随我们的便。弗洛当然也和我们玩儿了一会儿，追逐打闹，疯玩儿了一阵子。他真是太了不起了，几乎和玛丽一样棒。

我们进屋时的动作也像暴风般迅猛。玛丽必须跟弗洛的爸爸妈妈共享一个客厅，有时弗洛的兄弟姐妹还会到家里来。这可真是一大家子啊。玛丽喜欢转着圈打招呼，这点和我差不多。我们都会行点旗礼，微微躬下身子，摇晃尾巴，友好地低声呜咽，绕着圈旋转，四脚朝天躺在地上，所有的这些都是用来取悦我们喜欢的人，那些我们最亲近的人，对别人我们可不这样。

11 月 7 日

我和玛丽今天出门远足了。女主人跟着一起去的，她驾驶"巡洋舰"很在行。弗洛也跟我们在一起，因为他能跟我们玩儿到一块儿。但这次出行只是为了我和玛丽。我们去看望了其他的一些小狗狗，他们都在宠物学校里。

我的尾巴不停地摇来摇去，鼻子在空气中来回摆动着，我很快就能闻到他们的气息了吗？

　　空气中散发着阵阵香味。这里想必就是狗狗的天堂了！身上的皮带短得让我不能尽情享受这里的欢乐，而主人又走得那么慢。我该在哪里跟大家打招呼呢？

　　这里个头儿最小的就是我了，还有玛丽，但这也是我们更加灵敏的原因。牧羊犬哈索同情地俯视着我们，我们根本不理他。还有凶猛的泰格，他那么高大，脑袋简直像悬挂在外星空间，他是一只德国獒。会不会有一天我也变得这么高大威猛？这么高不可攀？能和其他威猛的大狗一起狂奔？

　　法拉、萨姆森、菲奥娜都能像我和玛丽一样跑得飞快。我们一打闹起来就忘乎所以，主人们一不小心就会被我们撞到。这样一来我们的项圈、皮带之类的又派上用场了。先前玩儿得那么尽兴，现在呢，现在只能慢慢地、小心地玩儿。好不容易出门一次，这种做法有那么重要吗？套着项圈让我怎么能尽情地玩儿呢？

　　除此之外我也是太心急了，因为周围的气味太

26

让人兴奋了。还好主人允许我们去灌木丛中嬉闹。可惜这次美妙的出行到这里也要结束了。我想明天还来这里跟大家一起玩儿，可是女主人说，明年春天幼犬学校才会开学，要等到天气转暖的时候。

春天很快就会到吗？还是要再等一阵子？

清晨散步：溜达到转角处的邻居家周围
上午的活动：充分的睡眠，时间至少像三只小艇加起来那么长
午餐：猪腿肉加鸡汤，香啊！

11 月 8 日

我晚上睡觉的地方是一条暖和的叠了好几层的毯子，上面有时髦的方格图案。在过去的日子里，主人已经带着它搬过一百次家了，这个我能闻出来，毫无疑问。有时候我甚至想从这毯子毛线交错的深处嗅出什么故事来。

接下来，阳光就照射到了我的眼睛上，我得赶紧叫醒主人了。我们两个都睡在卧室里，彼此离得很近。她在床上，我在地板上。很显然我的地盘更大，

睡觉真好……

我也会做梦

梦到被温柔地抚摸

啊哈，在白云间飞翔

这么多兔子，快追，哈哈！

嗯……这样很放松

在星星间散步

这里都是属于我的。

　　"早上好！早上好！赶快起——床——了！"我觉得，主人最喜欢我用温润的舌头舔遍她的手这种方式唤醒她。每次这样做后，主人都会为我挠痒，然后喃喃自语："再睡一小会儿。"说完便把手拿开，但我是不会这么快就放弃的，坚持是成功的一半。我摇着尾巴，颠过来跑过去，想看看能不能舔到主人偶尔伸出被子的脚丫，直到主人钻出被窝。我已经迫不及待地想跟主人打招呼了，只要她的脚一落到地板上，我就会摇着尾巴迎向前去，别的我就不会了。当主人与我躺在地板上嬉笑打闹，双手为我挠遍全身的时候，我才会发出欢快的叫声。

　　我知道，主人跟我一样高兴！

11 月 12 日

　　我们的"巡洋舰"正开往玛丽家的方向。车还没停，我就已经做好跳出车门的准备了。停车——解安全带——开车门，要是把这些步骤一一做完的话，短时间内是无法跳出车去的。我们的车开得非常谨慎，不过当我们转向玛丽家时，我希望主人别

磨牙棒,
狗狗的咸棍。

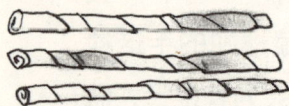

再那么小心,而是飞速前进。玛丽和我已经迫不及待地要玩儿"比比谁的力气大"游戏了。有时候我是赢家,有时候她是赢家,如果是她赢,我会威胁地发出咕噜声,这个我最拿手了。

作为奖励我们两个各自得到一根狗狗咸棍,很好吃很好吃的! 我的第一反应就是去咬玛丽的那根,她得到的总是比我的好,不知道为什么。

最后我们还进行了一次体检。主人把我举了起来,蜷起我的身体,抱着我站到了秤上。的确很重啊,我们两个一起!

现在她又把我放回到了地上,摸了摸我的脑袋,然后称称她自己有多重。我和玛丽都好奇地看着她。在算什么呢?弗洛和我的主人都喜欢猜谜和实验,特别是跟数学有关的。他们已经算出来了,我十天之内增长了1.5千克。没错,在我这个年龄,增加体重是轻而易举的。

看看接下来还有什么进步?我已经不需要每晚去花园了,我睡得像土拨鼠一样死,小便可以憋到天亮再解决。我棒不棒?你可以小声地夸我几句,我需要表扬！你不也是吗？

　　我还在练习一些其他的本领，这样以后我就可以证明自己是一个强者。终究我将一天天长大。马努埃尔说等我长大了，就该交配了，多奇怪的词，你不觉得吗？为了学习本领，我用上了一切属于我的东西：我的毯子，我的纸箱，我的粗绳子。我已经练得很好了，虽然有时候还是会摔倒。

四肢：*比以前长了，并且毛茸茸的*
耳朵：*比以前长了，同样长满了毛*
皮毛：*也比以前长了，如同波浪一般*

11 月 15 日

　　我在一天天地长大，也更强壮、更勇敢了。和主人一起出门散步的时候，我们走得很远，最起码也要一直走到邻居的邻居的邻居家那里。这么远的路——开车除外——我们还从来没有走过。我觉得，我长得越大，世界的尽头就延伸得越远。

　　当然大家都知道我的到来，邻居们都知道。邻居的邻居的邻居家有一排味道很好闻的灌木丛，我想，这将会成为我最喜欢嗅探的区域。我的一些哥们儿已经在这里留下了他们的气味，我知道得非常清楚，谁健康谁有病，谁高兴谁悲伤，谁在恋爱中，谁的心情抑郁，就像主人读报纸一样简单。当然我还知道他们是否吃到了好吃的食物。为了获得更准确的数据，我的舌头也派上了用场。这么详尽的信息是世界上任何一份报纸都无法报道的，这是事实！

我也给伙伴们留下了我特有的气息。那个邻居的邻居的邻居把这叫作"情书"。他肯定也收到过几封吧！

11 月 18 日

今天什么麻烦事都没碰上，这已经不是第一天了。我真为我的主人感到骄傲，她已经能明确领会我坐在门口放声大叫表示什么。我那是想出门了，快让我出去吧！

在我们自己家里，现在什么问题都没有了。在花园里，我直接用柔软的鼻子，仔仔细细地嗅遍每一分每一寸。只要一开门，

情书
寄信人
施奴佛

我就一个箭步蹿出去，把鼻子贴在地上，来来回回地嗅整片草地，并顺着小路继续探寻。我品味着自己上次留下的气息，又数了一遍老鼠洞。这期间我也不时抬头看看主人，看她是否还在我的视线之内。这么多新奇的事情简直让我忘了撒尿。

如果主人过早地喊我回去，我马上就会再一次坐在大门口高声大叫。

散步的时候，我们遇到了：

莉茜——身材矮小但嗓门洪亮的女邻居

菲多——经常陪主人慢跑的淡黄色狗

尼罗——经常和我在一起互相追逐的黑狗

11 月 21 日

谁有时间来陪陪我吗？真扫兴！那么那么多事情都要主人去做。可到底什么是最重要的事情呢？什么事她都没时间做，没时间好好收拾一下漂亮的狗窝，也没时间好好地和我亲热亲热。

好吧，当主人不在家的时候，我必须找一些带有她的味道的东西闻闻。在大门入口处两位河马女士中间，躺着主人的鞋子。它们的味道真是太棒了，真让我迷恋。我啃着鞋子的后跟，脑子里想着鞋子的主人。

我还能干点儿什么事呢？我的探索之旅直接把我引向了沙发。你看，我有多高啦？我的鼻子都快够到沙发面了，如果我用后腿撑着站起来，甚至够得到沙发上的手机呢。它咬起来口感有些特别，对我的幼齿来说不太舒服。而且它还会没好气地发出"吱吱嘎嘎"的声音。相比之下，我还是宁愿去摆弄手机旁边那块非常柔软的白色绵羊皮。主人不在家，没人对我说"不"。

禁止！禁止！

这才是适合我的东西，这块羊皮。在色彩上我们也很搭：白色的羊皮，黑色的狗狗——完美组合，是不是？把这块大家伙拖到地板上看起来没有那么容易，但是我做到了，我是大力士。今天最舒适的位置就是壁炉前面，那里已被烤得暖烘烘的。

我得享受一下这张新的羊皮。它太大了，大得可以把我整个身体完完全全藏在里面。它的味道非常美妙：有一种羊的味道，这是当然的。还有主人的味道，因为主人休息的时候会把头枕在上面。很快就会在这上面闻到肉干儿的味道——你无论如何也要尝一尝——牛肉干儿。它现在在我的美食推荐单上名列榜首。然后在这张羊皮上会闻到地毯的味道，骨头的味道，以及其他一切合我口味的美食的味道。再再再然后，这羊皮闻起来就会非常像我的味道。

设想一下，如果我没有为自己寻找这么一个舒服的地方会怎么样？我将是一只住在普通箱子里的再普通不过的黑狗。而主人也不会知道，我需要的远不是她的"没时间"。

对了，我还需要玩具。就摊放在我的羊毛毯周围好了，这样我就能随时做好准备，等主人来跟我玩儿游戏了。另外，我一个人在家的时候也可以咬着这些玩具玩儿。

11 月 25 日

散步的时候，我可以随心所欲地去闻我想闻的东西，无论是沿着花园的围栏，还是转角的花盆，或者路边的电线杆。主人还允许我在想停的地方停下来，比如木柴堆和梨树下，但我最喜欢停在邻居家的肥料堆前。他家养了兔子、奶牛和猪。主人叫我的时候，我不必总是马上过去，特别是我正对肥料堆感兴趣的时候。这个时候主人是很有耐心的，一般都是这样。通常在这时候，我要试试主人叫我到底有多么急切。我像我的邻居莉茜小姐一样啃啃草根，闻闻附近的足迹，就像今天这样。也不知鼹鼠先生今天在这儿巡视过了没有。如果可以的话，我想舒服地躺在草地上舔我的爪子，或者干脆再跑回肥料堆。邻居总是把骨头扔掉，尽管人们不该这样做。他们显然是特意为我这样做的，说不定我还能再找到一块。如果真有什么事情的话，主人肯定还会再叫我一次。

就算听到主人叫我，我也要跟骨头再待一会儿。我想继续往前走，拐到任何我想去的地方。人们都不想轻易放弃自己的习惯。你不这样认为吗？不止一次，当主人发出特别严厉的斥责声时，我宁可马上放弃我的习惯，只为服从主人！

此外我有一个很好的托词：我从来不是跑得最快的狗狗。不是。我是一只该死的、愚蠢的、拖拖拉拉的狗狗。

除了食物，还可以咬这些东西：

咬骨头

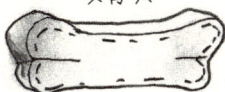

磨牙棍，我们狗狗的咸棍

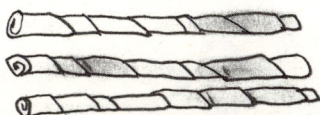

一只柔软的
拖鞋

牛肉干儿，

噢，那么那么好吃！

我的水果盒，

遗憾的是很快就吃完了

禁止咬手机

装粗粮的

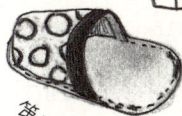

第二只单个儿的拖鞋，
也是我的

好吃的硬面包，
可以换换口味

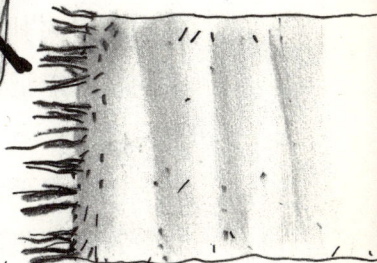

地毯流苏，
在紧急情况下（比如无聊、寂寞的时候）
有时会让人犯点儿小错

肚子上的颜色：蓝黑色（之前是粉色）

嘴巴周围的颜色：棕黑色

背部皮毛的颜色：深黑色，夹杂着些许白色毛发

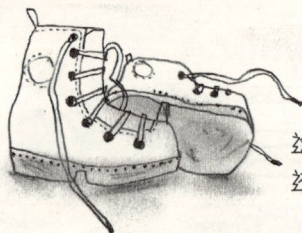

这双鞋有弗洛的味道，
还有在山上散步的气息

11 月 28 日

　　我已经认识很多很多人了：安娜、克里斯、弗洛、主人的妈妈爸爸、一大堆汉森和好几个苏珊娜。但是我从来没有把这些人搞混过，即使他们的名字一模一样，但他们每个人的气味是不相同的。你也是先用鼻子来判断哪位客人来了吗？我是用鼻子闻出来的，我能记住每一位客人的味道。但他们不相信这一点。

　　当我为他们跳起迎宾舞的时候，他们很少注视我。难道他们不记得我了吗？或者他们觉得我把他们弄混了？这不可能呀！我那些狗狗朋友们都记得

我的鼻子能分辨出一切：

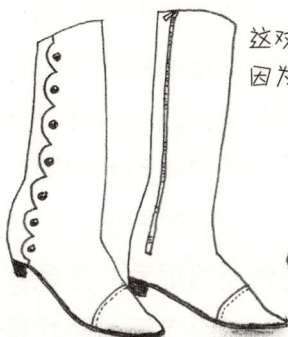

这双靴子我最熟悉，
因为这是主人的

这显然是路博的

这是玛丽的球

这是罗莎和路德维希的

这双拖鞋属于
我最喜欢的医生阿姨

安娜急着去花园的
时候就穿这双鞋

克里斯希望有一双上班穿着舒服的
鞋子，可是什么
鞋是舒服的呢？

嗯，这是鸭女士的羽毛

我，比如住在大桥另一侧酒店老板家的库诺，是一只棕色的、中等身材的狗狗。这个满世界游逛的家伙有时候会溜达到我们这条街上来。他活得也有些年头了。还有菲多，她看起来非常像我妈妈，地道的金色皮毛。晨练的时候我们经常遇到她和她的主人，他们总是沿着河边慢跑。另外菲多也像我一样，是名游泳高手。除了他俩之外还有尼罗，他像我一样黑，年龄也同我一般大。但他是猎手，而我是捕鱼能手。奔跑时只有前两圈尼罗跑得比我快，之后他就不行啦，两圈过后就看我的了。尼罗缺乏耐力。但这没什么，当我们相遇的时候，我仍然高兴得手舞足蹈，因为我们一起玩儿的时候是那么合拍。

今天我又认识了几位新朋友。他们对我简直一见钟情，这一大家子人有：爸爸路德维希、妈妈罗莎、奶奶和爱林格爷爷，还有莱妮和路博。主人准许我和他们待在一起，尽管莱妮更希望和我离得稍微远点儿。

主人说："施奴佛，今天你要换个新地方钓鱼了。"主人的意思是，我可以听爱林格爷爷讲腊肠狗和牧羊犬的故事了，并且要去寻找一个新的喜欢的地方来听。也许还能从罗莎那里得到些好吃的。她喜欢给我吃的，但不喜欢我好奇地站在厨房里嗅来嗅去。因为路博一直在我身边不停地抚摸着我，所以他们让我们——路博和我，马上到花园里去。路博给我指点着通往小溪的台阶，我们蹑手蹑脚地靠近麝鼠、溪中的小鱼、海盗和巨大的鲸鱼。我们差点儿就捉住它们了，差一点儿！

真幸运，路博跟我在一起！他能消除我想家的苦闷。我一个眼神递过去，路博就会过来安慰我，还跟我赛跑，向我扔球，直到我们两个都累得伸出舌头直喘！

听到罗莎的喊声，我们都有点儿吃惊地呆住了。路博和我现在是朋友了，罗莎会不会为此感到高兴呢？可惜没有。因为我们必须在门口把爪子和鞋子弄干净，把皮毛和衣服上的灰尘抖落掉，把我们的小棍子放在门外，然后才允许我们进屋去厨房喝水。我们真是渴极了！

回到家之后，我给主人讲述了今天我和路博都做了些什么，毫无保留。只要想到这些事情，我的尾巴就不由自主地摇晃起来了。

11 月 29 日

我一天天长啊长啊，我的爪子也跟着长。现在它们看上去很像狮子的爪子。毕竟罗马人也称我的祖先为"狮犬"，这是爸爸告诉我的。

每当看到我的爪子，主人总是瞪圆了眼。"好大的脚哇！"她由衷地称赞。还有那些在路上遇到的人，他们摇晃着脑袋打量我："这狗一定会长成一只大狗，是吧？"我当然会成为一只大狗，高大而又强壮！即便主人对此还有些担心的样子。她最大的愿望就是拥有一只大狗，难道她忘了吗？

玩具 1：一个软皮球

玩具 2：一个大号卷发夹

玩具 3：一个布章鱼

我的布章鱼

11 月 30 日

门铃响了！我们冲向门口去开门，你知道谁来了吗？我当然知道了！路博给我带来了一小块香肠，我高兴得跳起来，摇摆着尾巴，来来回回地围着他转。我们从玩具箱子中取出布章鱼来玩儿，每次我都尽我所能地高高跳起，去够章鱼的腿。我和路博都玩儿得气喘吁吁。之后路博喝了一杯自制的果汁，我吃了一大碗加了酸奶和水的小丸子。

当我和路博一起躺在我的大狗窝里时，我知道，不可能有比我这样更幸福的狗狗生活了！

我有两个吃饭的大碗，它们用来装这些东西：

请在丸子里拌上
一些好吃的东西，

奶酪、

幼犬的狗粮（用量杯估算）

鸡肉

像酸奶、

一个碗里总是装着水；

另一个用来盛饭

或者鱼；

（无论如何里面要有一些水）

这是用来固定的垫子或支架，这样我的食物就不会打翻；

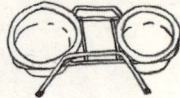

拜托了，请千万千万把碗洗干净；

吃完饭后要嚼点儿什么，这样才能把牙齿弄干净。

十二月

12月1日

今天无疑是我生命中最甜蜜的一天!

你想知道原因吗? 因为今天我被邀请去看宠物医生了! 那简直是一个各种甜饼的派对,专为我而举办的! 他们允许我随意走动,跨上台阶,踩踩磅秤,钻到桌下,随心所欲地四处游逛。我甚至被抱到了诊断台上——它可是专供病人使用的! 一句话,为了我。

大家同时伸出手来摸我。医生的助手诺拉不断地喂我姜汁饼吃。我的脖子忽然被什么扎了一下,但很快就过去了。主人说,从现在开始我就接种过疫苗了。我完全不理解她在说什么。但我知道,反正我以后可以跟她一起去任何她要去的地方了。她可能要去很多很多地方呢,走遍各地。没问题,我愿意跟随她。如果为此我必须接种疫苗的话,那么请便,我们就每年都去医生阿姨那里一次好了。

要按我的意愿可以去得更频繁些。姜汁饼是我最爱吃的东西了，一年一次可不行！

奖品 1：酸奶果糖（施奴佛最爱）

奖品 2：小香肠（也不能小看）

奖品 3：磨牙棒（游戏结束后的奖赏）

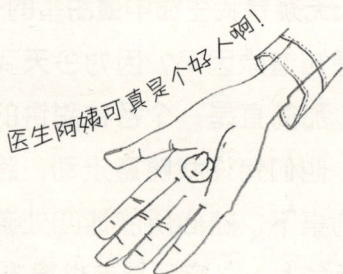

医生阿姨可真是个好人啊！

12 月 3 日

　　我已经知道是谁在按铃了！一定是路博来看我啦！他又给我带了好吃的小香肠，但是这次我得到香肠的方式跟以前不一样。"扑通"一声，我的屁股坐到了地板上。这招儿是我从妈妈那里学到的。效果很好啊！我"呼"地一下就把美味吞了下去，还玩了一把新招儿。

　　今天我们必须一声不响地藏在我的窝窝里，这样就没人察觉到我们在这里了，连主人也不知道。我紧张地望着路博并等着他的信号，当主人一会儿路过的时候，我们就尖叫着冲出去吓唬她。

你真该看看她那张脸，惨白惨白的，一转眼又变得通红。接着她坐了下来，深深地吸了几口气。后来她终于还是温柔地抚摩了我们，因为我们——路博和我实在是太了不起了！

12 月 5 日

我跟野猪眼对眼地站着，这是些让人望而生畏的大鼻子巨人！他们高大得可怕，看起来脾气也不好，跟兔子完全相反。兔子之类的我可以轻易地驱散他们，就像驱赶母鸡、孔雀、野鸡什么的。好在他们都被关着，对这些长着羽毛的家伙来说，被关起来是他们的幸运。而野猪被关起来是我的幸运，我马上就感觉到他们对我有多么危险。你是不是偶尔也会害怕？我已经害怕了。

如果不是马努埃尔，我肯定不敢离围栏这么近。我自己不敢靠近那些野猪的獠牙和那么野性的气息，绝对不敢。难道我活够了吗？没有。在这些围栏外面我宁肯绕着走，这是——这是我的天性。我悄悄地跟在高大的马努埃尔身后。是的，他会保护我。

我们一起参观了动物园里各种圈舍和生活在里面的动物：鹿、山羊、水鸟、矮脚兔，还有麝鼠。看完我也就认识了他们。是了解了他们本身哦，不仅仅是他们的气味。我最喜欢的就是山羊了，他们跟我差不多高，跳跃能力也跟我一样棒。我在围栏这边跳，他们就在另一边跳，也许我们具有同样的天分。

　　大叫和追逐给我带来了极大的快乐。你真该亲身体验一下，看看那些兔子躲进窝里的速度有多快。其实我还没真正放开嗓门大叫呢，只是用了我幼犬的声音而已。这留着我以后再体验吧，等我有朝一日长大了的时候。

　　但马努埃尔尝试着用另外的方式对待我：既不大叫，也不追赶。通过这种方式，我们也相处得很好。我和兔子，我和马努埃尔，我和主人，都能友好地相处。只有主人允许我叫的时候我才能叫，但也不完全是这样——紧急情况除外。我毕竟是一只好学的狗狗，也很聪明。

　　至少有些时候是的。

12 月 7 日

今天好像有点儿不同寻常，空气闻起来又清新又凉爽。门刚一打开，我就看到了外面的景象：一切都是亮闪闪的，白得耀眼。

"这是你的第一场雪呀，施奴佛！"女主人喊着，然而这时我已经迫不及待地蹿到草地上，要闻闻、尝尝雪的滋味。我扬起了一大片地上的雪，在干净的雪堆中打着滚儿，让我的皮毛尽情地享受雪地。像以前一样，当我乐到极点的时候，我会像赛犬那样一圈一圈又一圈地奔跑，直到我累得吐出舌头。除了狂奔，别的什么也不想。

当我非常高兴或激动时，喜欢不停地兜圈狂奔！

我的举动让主人开怀大笑，作为奖赏，我们一起玩儿滚雪球的游戏，然后我们才离开。当第一片雪花从空中坠落，一定要庆祝一番。

路博拿出雪橇跟我们一起庆祝。大家全部坐在雪橇上，尽情地尖叫着，向着一个个小丘呼啸而去。路博是肚皮朝下滑下坡的，速度简直太快了！我不得不朝他狂叫，我要保护他，然后紧挨着他也摔了一跤。主人又大笑起来，随后忙着为我们点火取暖。

新的爱好：在雪地里打滚儿
嗅觉上的新喜好：探查白雪下面的秘密
味觉上的新乐趣：品尝雪的滋味

12 月 8 日

还有一个新消息：现在我的味道像一只真正的狗了！不再像狗崽崽一样那么柔弱了。用人类的方法计算，我已经三个月大了！因为没有在雪地里打滚儿，没有呼吸新鲜空气，我的气味总是比我先到一步，它宣告着：一只真正的狗狗过来了！这就是我，狗狗施奴佛！

12 月 9 日

"拿过来！"主人又喊了起来，因为我嘴里叼着一个漂亮的东西——一个新的红球。这是主人刚刚才送给我的！难道她觉得我会轻易地把我的"新宠"贡献给她吗？当然不会！我叼着我的宝贝飞快地离开那儿，奔向我最最喜爱的地方——那块白色的山羊皮！在那里我气定神闲地品尝和啃咬着我的新球。

我一般不会让任何人抢我的东西，但玛丽有时候会试着来一下。我们随时会有这种紧急突发事件，这点你一定要相信我。我们低吼着，尖叫着，互相撕扯着，直到我们两个都累晕了为止。和她一起我甘拜下风，这个我必须要承认。她跑起来像一阵风，跳起来就像芭蕾舞演员一样轻盈。为保险起见我必须大声叫唤，这样她就知道她不可以自己跑走。游戏玩儿到一半，我可不想被单独抛下。要不然，游戏的乐趣在哪里呢？

当我们玩儿累了的时候，我们会睡一小会儿，或者一起玩儿磨牙的游戏。为此主人在购物的时候总是为我寻找最漂亮的水果盒子。虽然我不能跟她一起进去购物，但是只要她把我拴在店门口，我总能得到一块小甜饼。当她买完东西出来的时候，我又能得到一块。

别拿走，我还没有吃饱呢！
噢，原来他们正在训练我吃饭。
唉，我终于能继续吃了！

在家里我可以把盒子咬烂嚼碎，或者自己咬，或者和玛丽一起咬。太美妙啦！是吧？

12 月 11 日

我们散步的时候，真的已经走得很远了，都走到河中浅滩了。一开始是沿着住宅区的街道走，走到我爱闻的灌木丛时，我当然要找一些最新的气息，同时留下一些我自己的痕迹。

我的左边有门的味道，路博就住在这个门里面。如果不是像现在一样正坐在教室里上课的话，他总是尽可能地跟我们一起散步。在大梨树那儿我们拐了个弯，不过我必须停下来侦察一番，在大桥上也是这样。平时透过桥栏杆还能看见鱼呢。可现在正是冬季，鱼都藏起来了。

我继续往前奔跑，尾巴晃来晃去。在桥的另一端，"狗狗林荫道"在等着我到来。"消息树"和藏身的灌木丛是我的天堂！我不断前进，后退，再前进，然后突然站住，或者狂奔。哇哦！

就这样走了很久很久，我们来到了带扶手的三级台阶前，它是通向住宅的。我们并不想进去，而是朝着相反的方向，向下面的小河走去。

河水！我快速地看了主人一眼，趁她还没有来得及说"不"，我已经飞奔下去跳到了第一块大石头上，"咕噜咕噜"地喝了几大口水。喝够之后我又闪电般地冲回到路上，站在主人身边。因为我已经不再口渴，所以现在可以回家了。

我始终走在主人的前面，主人在船尾而我在船头。像腊肠狗一样跟在主人后头可不是我的范儿。

坐：屁股着地坐在地板上

趴下：歪着脑袋（对吗？）

过来：为了姜汁饼，来了！

12 月 13 日

我觉得，雪最大的优点在于，它那么那么柔软，闻起来那么那么香甜。而雪最最美妙的地方在于，它是那么那么好吃！我会跑着跑着猛地咬上满满一口雪。路博几乎和我跑得一样快，但想在奔跑的时候咬上一口雪，这技术他还得好好练习啊。你也这样吧？路博会不服气地捏一个雪球向空中扔去，偶尔我也能准确地抓住这个雪球。

12月15日

　　虽然天还黑乎乎的，但我们必须要出发了。我睡眼惺忪地摸索着上了"巡洋舰"。主人把我拽到毯子上，我就又昏睡过去了。

　　到底发生了什么？我们竟然要换车。你坐过地铁吗？地铁就是火车，在车上我必须在嘴巴上套个小笼子，也就是嘴罩。套着它可真是又痒痒又碍事！我怎么跟人打招呼啊？当我搜寻气味的时候，它还紧紧地压着我的鼻子呢。

　　除此之外，主人在喂我小甜饼的时候，要从嘴罩的缝里塞给我，多费劲儿啊！但是她没有放弃。我也没有放弃，一直挥舞着我的爪子，想法子把嘴罩弄下来。摘嘴罩这个本领我们之前没有练过，所以我做得不怎么样。"弄掉"这个动作我们在家的时候是练过的，可是为什么现在弄掉嘴罩要用这么长时间呢？

　　上车的人越来越多，车厢内变得非常拥挤了，我必须紧紧地靠着边儿站，这对于我这种身高的狗

狗来说可不是易事。我以后长大了的时候会好些吗？周围的鞋子已经将我层层包围，我鼻子前面这双打了孔的皮鞋看起来很诱人，闻起来也不错。我极其享受地把鼻子靠在了这个柔软的"靠垫"上。我似乎能感觉到鞋子的主人正在会心地微笑，当然我也非常满意。

城市里的一切都有点儿特别。不仅仅是地底下的地铁，还有地面上的街道：到处弥漫着让人着迷的气味，这是从那些数不清的狗狗们的身上散发出来的。如果我能一下子遇上这么多狗狗，那一定是个节日。不管怎么说，这些味道闻起来是非常令人兴奋的。

但另一方面则意味着，和这么多狗狗在一起，我必须和它们分享很多东西。为了解决我的内急，半路上我一直在寻找一个合适的地方，找了整整一个小时，简直要绝望了！请给我来一片灌木丛吧，我总不能在众目睽睽之下方便吧！可是这里的遮蔽物真是太少了，真让人想逃跑。可任凭我怎么拉扯脖子上的皮绳也无济于事。如果实在找不到合适的地方，那我宁愿忍着回到家后再解决。我真是要哭了呀！主人为什么不带我去一个除了房子之外还有植物的地方？！

最后我终于找到了一个合适的地方。在我解决问题之后，我的粪便会留在那里吗？这是不行的！可是我必须接着往前跑啊，怎么办呢？噢，这不，主人十分从容地用报纸和狗狗袋把我的粪便收拾了起来。谁也不会对这个感兴趣。

收拾好了吗？那么，终于可以去参加下一个嗅觉盛宴了！

爱啃的东西：
排在第一位的：狗狗咸棍
排在第二位的：地毯边儿
排在第三位的：各种形状的箱子

啊呀，啃了这么多地毯！

12 月 16 日

真难受啊！我的鼻尖、肚子、爪子……几乎没有舒服的地方！是被城里的魔法师施了魔法，还是在回家的路上被魔鬼诅咒了？我觉得又累又乏，站都站不稳了。我觉得自己好小好小。是不是有什么东

西把我身体里面吃光了？我可不想继续走到转弯那个地方了。不去！不去！我已经撒完尿了，现在我只想回家！

我只想躲起来。

我在这一刻表现得非常固执，并已走上了回家的路。主人惊讶地看着我，她还从没见过我这个样子呢！回到家刚一进门，我就重重地倒在地板上，我的四个爪子再也无法多走一步路。我如释重负地嘟哝了几句表示满意，哼哼了几声，然后就什么也不知道了。

12 月 17 日

真糟透了，我的爪子已经一步都挪不动了。我长时间地趴在地板上，用下巴支撑着脑袋，别的什么也做不了。这种感觉比玩儿累了和晕船糟糕得多。我既没有食欲，也不觉得口渴，对任何事情都提不起精神，只感到肚子疼。路博不知什么时候从门后探了脑袋进来，他过来抚摩我，并轻轻地呼唤我的名字。我疲惫地摇了摇尾巴。

主人露出了非常担忧的神色，我舔了舔她的手以示安慰。今天就写这么多吧！

这就叫"累瘫了"

12 月 18 日

　　我的爪子重新派上用场了，我也有兴趣闻一些气味了。我已经用我的大碗喝过水，但是盛狗粮的碗……唉，我情愿绕道而行。不然，吃了里面的东西，我的肚子又该难受了。

　　今天我的便便还是很稀啊，话说回来，如果不拉稀的话，我不就重新好起来了吗？

特征：*鼾声强劲*
爱好：*梦中亢奋*
与众不同：*深深地叹息*

外出时的长绳

项圈

短绳

乘坐公共交通工具时用的嘴罩

（可怜!）

进食孔 →

旅行时的装备

（因为我们
没有狗狗箱子）

汽车里有一条安全带

我的汽车垫

一个水壶，它总是满的

我的饭碗，有很高的边儿

我的毛巾，用来擦我的脏爪子

这样里面的食物才不至于洒出来

为了便于清洗，
上面可以取下来

↖ 下面还有碗托

如果我们要在
别处过夜，

还要带上狗粮、狗粮碗、睡垫

12 月 19 日

我已记不清从何时开始，反正已经有一段时间了，在我们的客厅里出现了森林一样清新的味道。一个大大的花环挂在我的大狗窝的上方。当主人装饰花环的时候，我已经把它所有的粗枝都啃过了，它们有冷杉树那种奇妙的味道。嗯，真不错！这种味道一直在我的嘴里，回味无穷。主人告诉我说，当人们在客厅里挂圣诞花环的时候，就有很多人唱歌，那是耶稣降临节的家庭颂歌。

今天就是耶稣降临节唱家庭颂歌的日子。家里又来了很多人，有些人的气味我从来没闻过，肯定没有。主人跟世界上所有的人都是亲戚吗？叔叔、婶婶、侄子、侄女都很爱抚摸我。没有问题！好事从来不怕多，这个我懂。

我趴在自己的大窝里静静地听他们唱歌。这些歌唱到了雪——这个我也喜欢，唱到了冬天，唱

到了一位小朋友。不过没有唱到我，我听得一清二楚。下次我要跟着一起唱，你也一起吧，这么舒缓的曲子特别适合睡觉——趴在客人们的脚面上。

因为中间我得出去尿尿，所以大家也都跟出去了，这是肯定的。因为我用我长长的狗绳把这一群人都圈在了一起。我的祖先当中不会有谁是只牧羊犬吧？我在人群当中跑来跑去，来回穿梭，引得大家都笑了起来，因为主人一直在后面追我，她牵着绳子的另一头呢。

我来决定我们玩儿什么，主人跟着我玩儿，我们配合得简直太棒了。

12 月 22 日

路博需要我，我必须跟着他去他家。不是因为我想闻闻他家里圣诞花环的香味，而是因为他需要我给他当模特，为了一件礼物。

这到底是什么意思，我也不太清楚，只知道我必须待在路博房间的中央，还得乖乖地站好别动。他在为我画像呢。

有好几次我都想过去看看，他到底把我画成什么样子了，但是我一动他就没法画了。只有当他裁画纸的时候，我才能靠在他身边看上一眼。因为他要制作一张狗狗卡片，作为送给他妹妹莱妮的圣诞节礼物。那好吧！其实莱妮喜欢猫咪胜过喜欢我。至于圣诞节，如果它跟"乖乖地站好别动"有关，那我就没什么兴趣了。但愿我们下次能一起做点儿有意思的事情！

最喜欢的睡觉的地方：

第一，主人的脚上

第二，柔软的白色羊皮上

第三，桌子下面的大窝里

12 月 24 日

今天，玛丽家的客厅中间站着一棵树，上面挂满了闪闪发光的东西。难道要在客厅里种出一片森林？

尽管甜食很诱人地摆在那里，但是主人大声警告我们什么也不许吃，玛丽不能吃，我也不能吃。可这些包装盒确实有点儿挡路，我跟玛丽根本无法真正地游戏。这期间安娜、弗洛或是别的什么人会从我们身边经过，今天他们全都是一副急匆匆的样子。

等等，接下来要发生什么事呢？弗洛点燃了树上的蜡烛，克里斯在树旁放了一桶水，大概是给我们喝的吧。之后大家相互依偎在了一起，他们又唱起歌来了！这就是所谓的圣诞奇迹？不，等等，这只不过是暴风雨前的宁静。在大声唱完这首歌颂平安夜的歌曲后，真正的喧闹终于出现了。

大家又跑来跑去，乱成一团，忙着打开礼物，各种包装纸唰唰作响，大家笑着互相祝贺，而我的心脏也激动得嗵嗵直跳。我也会得到一份礼物吗？乱哄哄的声音中，一块完整的咬骨忽然出现在我的鼻子前面。我闪电般地咬住了它，然后退到了一个安静的角落。这可是我自己的礼物，独一份儿，现在我要全身心地享受我的礼物了！

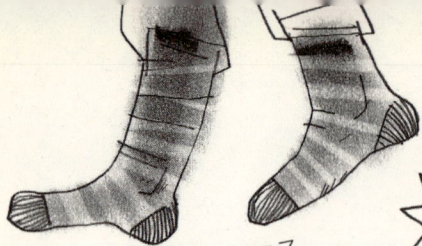

克里斯忙死了

弗洛根本
没空说话

到处都是
闪闪的星星和礼品盒

这是我的咬骨

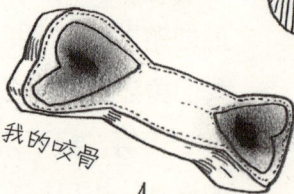

这是我

印着星星的彩纸
在空中飘荡

嗯，这个闻上去真香啊

这是玛丽，
她又把安娜吓了一跳

这些美食今天一概不许吃

一个装着
水的桶

我的皮球，可是没有一个跟

我玩儿

主人变得陌生了

12 月 25 日

今天又要发生什么事？没有一点儿"圣诞节""平安夜"的影子了！主人神经兮兮地在房子里走来走去，我跟在她的后面。她把礼物盒子塞进了一个大袋子里，给我带上狗粮。

我们乘车去了一个地方。这个地方我认识，因为我们有时候在那里接马努埃尔。这次是来干吗呢？在地下通道里主人按了按一个盒子，盒子就吐出了两张纸片——我们的车票。我能跟着一起上火车了，这还是第一次呢！拉好我的皮带，出发！

天哪，难道在火车上我也要带嘴罩吗？哎呀，不！那好吧，只要有一块姜汁饼，那就一切好商量。还好今天主人有的是时间，在时间充裕的情况下她不会很快就变得焦躁或者不耐烦。如果时间很急的话，主人根本就顾不上我的要求，我也同样无法理解她的行为。然后我们就互不理睬，背道而驰，然后都气得要命。最后我们之间一切都变得乱七八糟，别别扭扭。不过今天大不一样，我觉得，主人正学着理解我——狗狗施奴佛呢！

伴着汽笛刺耳的声音，火车停稳。我偷瞥了主人一眼，在她点头表示同意之后我小心地跳上了车厢。我们很快就找到了座位，主人坐着，我蹲在一旁。火车那有节奏的"哐哐"声弄得我昏昏欲睡。主人的脚正垫在我脑袋下面，这让我觉得非常安心。

现在我们又下车走路了。我也终于可以解决自己最要紧的事情了：找个地方撒尿。可惜主人现在竟然有点儿不耐烦，她想赶紧去她的父母家。也好，我跟着她就是了。在她妈妈那儿总是有好东西吃的。

玛丽已经先到了，一大家子人全都在。我当然向他们一一打了招呼，之后便追着我那黑毛的姐姐到处跑。有时我们围着乔纳奔跑，他跟我差不多高，不停地问着"圣诞老人什么时候来爷爷奶奶家？"一阵铃声"叮咚叮咚"响起来：是他来了！不对，他接着又走了。也许，他要去把森林里所有的树都搬到客厅里。

主人的父母家里也有一棵装饰过的圣诞树，跟玛丽家的一样。圣诞树最大的好处在于，它能让全家人都聚在一起，和睦、温馨。我挤在主人和玛丽之间，再一次极其认真地聆听着歌曲，听这些曲子的音符是否准确降落到了它们的位置上。我的尾巴摇晃着，爪子做好了跳跃的准备。我很期待平安夜之后的这场狂欢。可是主人让我待在她身边，看大家热烈地围在一起问候、亲热，各色包装纸飞舞着，人们激动地互相寒暄致意。直到大家消停下来以后，我才激动地摇着尾巴去舔每个人的脸庞、手心和脚背。然后我咬着簌簌作响的包装纸，不断撕扯着，直到它们碎得发不出任何声响，直到我得到满满一碗精致食物——小丸子混杂着烤鸡皮和肉块。汪汪，真是棒极了！

我和玛丽坐着打了个盹儿。不过这还不是今天所有的内容，这一大家子还要去街角的祖母家。我和玛丽也要跟着一起去。和祖母住在一起的人都喜欢抚摩我。他们的房子可真够大的，我们俩跳着从这个人扑向另一个人，舔着大家的手，直到把他们全都逗笑了。我兴奋得不得了，疯了一样，觉得又满足又幸福。当我和玛丽陪着祖母慢慢腾腾地上了五楼后，我们必须要休息一会儿了，在干了那么多事以后。反正对祖母来说，更重要的是我的主人、乔纳、弗洛以及其他人。因为她清楚地知道过去已经发生的事情，知道大家都有过什么经历。祖母一定是从天上降临人间的，那里来的人什么都知道，还都有花白的头发。不知道她脸上慈祥的微笑是否也跟这个有关系？你觉得呢？

施奴佛有妈妈和爸爸（跟主人一样）

施奴佛还有爷爷奶奶、外公外婆（主人也是）

施奴佛还有三个兄弟和四个姐妹（主人只有两个姐妹）

12 月 27 日

　　总算要回家了，不过路上还不得安生。我们得给路博带礼物！还有莱妮的、罗莎的和路德维希的。我帮主人拿着礼物，快点儿！快点儿！

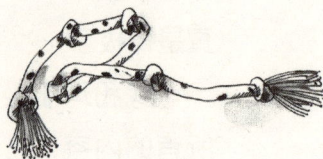

　　路博给我的礼物是一条游戏绳，上面系着很多疙瘩，我赶快拖着它来到了花园里。路博马上就明白了我的意思，他的大眼睛转了几圈，立即跑出门朝我奔了过来。我拖着绳子在灌木丛下慢慢跑着，好像在等路博似的，然后突然围着樱桃树跳了起来。路博好不容易才抓到了绳子的另一端，我们就像拔河一样互不相让。当路博喊"松手"时，我马上松开绳子，等他一声令下，便随着在空中飞舞的绳索的另一端高高跳起，直到再一次咬住它。我们两个就这样在花园里"飞"来"飞"去，直到天色转暗。路博的脸颊红得发亮，我也累得伸出了粉色的舌头。这意味着我们都感到非常幸福，彼此为对方存在而且密不可分。

现在，在温暖的弥漫着浓厚圣诞氛围的房间里，我们要把这种幸福感和莱妮、路德维希、罗莎一起分享。当然，还有主人。

优点一：*性格温和*
优点二：*抵抗力强*
优点三：*攻击有力*

12 月 31 日

平时我们睡前最后一次出去遛弯儿的时候，花园里已是一片黑暗。而今天，我们在漆黑的夜里第二次出门。

马努埃尔跟我一起。我们穿过一簇簇亮光，迅速钻到车子里。外面时不时地传来"噼里啪啦"的声音。听见响声，我会来回转着脑袋，竖起耳朵，使劲儿伸着鼻子，在空气里探查一切。天空中偶尔还会绽放开大大的彩色星星，之后便坠落下来。它们真是太刺眼啦，我不得不眯起眼睛。

　　我们开车去找正在放焰火的汉森，汉森有一点点怕我。我跟他打招呼的时候他总是笑着，把手举得高高的，跳来跳去地躲闪着。除此之外，他很擅长放焰火，我觉得今晚一定是一个盛大的焰火之夜。天空中盛开着那么多闪烁的星星，周围也满是点燃的爆竹，还有汉森用一大堆树枝架起的篝火。熊熊燃烧的火焰巨大无比，如果我用后腿站起来量的话，火焰至少有我三倍高。篝火的火星急转直上，飞向漆黑的夜空。火焰的温度太高了，我不得不到马努埃尔的腿后躲一躲。

　　在这个受保护的位置上，我观察着周围的一切，包括弗洛和他的朋友们怎样把焰火点着。在我看来，划过空中的火球实在太多了，但发出声响的很少。

70

我朝马努埃尔那边靠了靠，于是他带我去了更安全的地方——"巡洋舰"里我自己的软垫上。

据说在跨入新年的时候我睡过去了。不过，反正我也不知道那个焰火通明的夜，对进入新年到底意味着什么。我期待着每一天的到来，就像它们本来就会到来一样。但是"一年"到底是个什么东西呢？

一月

1月12日

我已经四个月了！高大！漆黑！当别人问主人"他到底会长多大"时，他们指的就是我。主人会一脸聪明地举起右手，比画着一个高过她头顶的高度，说"就这么高吧"，之后大家就都笑了。

我很容易把大家逗笑，不是吗？这是我的特长。对每个人我都有不同的笑料，路博最喜欢我表演"椅子杂技"。我像比目鱼一样平趴在地板上，然后像海

伸伸伸……伸懒腰

豹一样一拱一拱地钻过最贴近地面的椅撑。（闪电般的哟！）重要的是，要有一块美味的小甜饼在椅子的另一端等着我。路博每次看我表演都乐得捧腹大笑，并奖励我一块酸奶小甜饼。

对于主人的父母来说，只要我很享受地拖着长腔撒娇，把前爪和胸脯使劲儿平伸向地面，再把屁股高高撅起，尾巴尖颤抖地伸向最高的地方，这就足够让他们高兴的了。同时我也会满足地哼唧几声，嗯……真舒服啊！如果我之前品尝过鱼的话，这招儿我肯定能做得非常成功。

当然我也能把主人逗笑，每次一闻到厨房里美食的香味，我都以迅雷不及掩耳的速度冲到厨房，一个急刹车坐到地上，好像刹不住就要摔倒似的。然后学着一本图画书里狗狗的样子重新坐好，这招儿对主人来说每次都会奏效。她笑得嘴巴都快咧到耳根了，之后我就能吃到好吃的东西啦。

诡计多端，是吧？这是我跟妈妈学的。你一定也要尝试一下，很简单的！

天赋：把人们逗笑

好奇心：探寻一切足迹

享受：伸懒腰

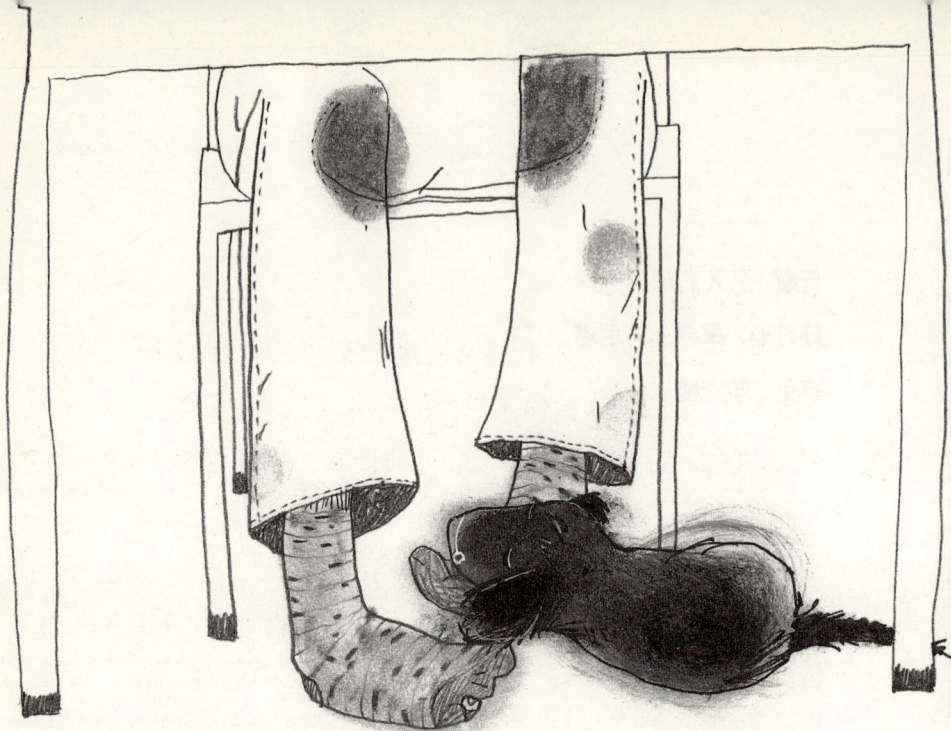

1 月 18 日

路博课下还要学习一些关于河流和鱼类的知识。当然了，是那些好吃的鱼，河水也一样，是好喝的。这样学习会变得又简单又有趣，进度很快。另外，我们当然也会做些生活中很重要的事情，比如玩儿绳子。然后我趴在路博的脚上温暖着他，低声打着呼噜进入梦乡。我梦到了我们在游戏，还有柔软的白雪。在这期间我很享受地吧嗒着嘴，一定是想到了好吃的鱼，路博肯定也想到了这个。这就是学习吧。一切都不费力气，因为我们总是这样互相帮助。

1 月 20 日

今天，我和主人坐车出去跑了整整一天。好远好远啊！当然中间也有休息停顿，我可以到处跑跑，到处闻闻，也可以找个地方撒尿和便便。主人也是。

现在我们下了车，可根本不是回家。我们为什么要跑到这么远的地方来？我们停在了茫茫大雪中，停在一所陌生的房子前面。我们就待在这儿吗？这里的味道闻起来好陌生啊。短时间内我找不到可以解决内急的地方。我们拜访的这家人跟我相处得很好，只是他们家的猫咪不但不喜欢跟我玩儿，还面目狰狞地朝我尖叫，把我从沙发下面赶出来，她的尖爪子差点儿抓伤我的鼻子。在这种情况下我也不想和她玩儿别的什么游戏，只想和她相互追赶。

我们终于可以静下心来睡觉了，我和主人待在一间特意为我们准备的房间里。我真是彻底放松了！可是你知道接着发生了什么？突然之间我忍不住尿了出来，在房间正中。哎呀，我做错了什么吗？主人手忙脚乱地跑来跑去，拿着我睡觉的小地毯擦掉了地板上的"小河"，然后冲进浴室不停地洗呀、擦呀。晚上我只能直接睡在床前面的地板上了。今天我可真是受够了。明天我们就能回到我熟悉的地方了吧，但愿如此！

1 月 23 日

　　"后退！后退！后退！"主人叫喊着，我正翘着尾巴走在前面。

　　我们在练习"钻椅撑""倒退"和"乖狗狗快坐好"的本领，这几招儿能把大家都逗笑。你知道的，当我"砰"地一屁股坐在地板上是什么样子。当听到"趴下"的口令时，我完全能明白主人的意思，四个爪子"啪"的一下马上趴好——特别是不远的地板上有姜汁饼在吸引我的时候——然后等着主人的命令。直到哪个地方传来主人叫"施奴佛"的喊声，我才伸着鼻子去寻找她。她正躲在什么地方跟我玩儿捉迷藏呢！不过凭着我的鼻子，谁也没有藏身之地。主人就更不用说了，她的气味我是再再再熟悉不过了！

心地：善良

天生：灵敏

本性：乐观

看，这是我
最漂亮的姿势：
"乖狗狗，快坐好！"

1月 28 日

再来一个！再来一个！有人一起玩儿简直棒极了！路博在空中挥舞着那根打了结的粗线绳，他还带来了姜汁饼。他的手紧贴着身体，连同姜汁饼一起。他想干吗？我摆出了自己最美的坐姿，歪着脑袋看着他。一开始我的头向左歪，可因为向左歪着脑袋一点儿思路也没有，于是又向右边歪。理解别人有时是世界上最困难的事情之一。

主人也并不总是能理解我的意思。"拜托了。"我一边示意，一边在她面前摆出最美的乖狗狗坐姿时，她基本上都能明白。不过接下去就不一定了。她歪着头，开始向左歪，随即又向右歪，然后开始猜测："你是想出去吗？"有些时候确实是这样，不过也不都是，也有可能是我饿了，这时我就不会立即跟在她的身后往大门口去。不管怎样最终我和主人都能想到一块儿。我跟路博也是这样，这点非常清楚。

和我玩玩吧！
还不明白吗？啊？

77

二月

2月1日

　　该囤点儿粮食了，装小甜饼的抽屉早就空了，那可是我的最爱。没有小甜饼，一切练习都没有可能。"坐下""趴下""别动"，还有其他的那些口令，没有小甜饼作为奖励，我怎么会听话呢？再说没人表扬我，我根本就不知道哪个动作做得特别漂亮。这些只有主人知道。就连供我磨牙和啃咬的存货也没有了：牛肉干儿，狗狗饼干，狗狗咸棍以及别的各种东西。我的储藏室空空如也，然而主人的储藏室里却有很多好吃的东西，我都亲眼看到啦。我们必须马上补充粮食。那就赶快上车去买好吃的吧！

　　主人停车时我竖起耳朵。"我也可以跟你一起去吗？""乖乖地待在车里！"主人一声令下便扬长而去。其实也不完全是这样，她留下的体温和她身上的香气鬼使神差地把我吸引到了她的驾驶座上。还没等我调整到一个惬意的睡姿，耳边就传来了钥匙开门的声音，主人大声地喊道："快起来呀！"

睡眼惺忪的我强撑起身体，笨拙地打着趔趄爬回了后座。对对，我不能跑到前座去，这我是知道的，尤其是不能用湿乎乎、脏兮兮的爪子去碰座椅。我还是回自己的地盘去吧，虽然主人那诱人的香喷喷的购物袋就放在副驾驶座上。

　　哎，对了，我们还要去看医生阿姨，我恨不能马上就到她那儿。主人怎么又走得那么慢了！因为她用皮带拉着我，所以被心急的我拽得有些踉跄。哦，但愿她什么都别说，不然我该怎么应付呢？

　　诊疗室的地砖简直太滑了，走在上面就像走在滑冰场上似的。我的样子逗得主人笑了起来。诺拉也笑了，她已经拿着狗狗饼干在等我了。我毫无拘

我已经长得这么强壮了，一只"洪水猛兽"，正如医生阿姨所说。

坐下！

这是我从妈妈那里学的。

这是主人教我的。

趴下！

狗狗的语言：

用鼻子蹭，
表示"你好！"
"我喜欢你！"
也表示"我想要……"

请和我玩儿！
这很容易
理解，对吧？

来玩摩一下吧！

我们不可分离！

求你了——
求你了——
求你了！

你说什么？
我一点儿也不明白！

束地大叫着跟她打招呼，掩饰不住的高兴，但她一会儿就回到医生阿姨那里去了。

我们看了一会儿商品货架，这对我来说非常重要。主人从货架的上层为我拿了一些磨牙骨头。下面架子上的东西就跟我没什么关系了，那是猫咪的用品区，只有布老鼠和猫咪便盆。要是真有什么我喜欢的东西，那一定是猫粮。可我一次都没被允许吃过。

终于把医生阿姨盼出来了。我不停地摇着尾巴，低鸣着，还弯腰向她示好。她抚摩着我的脑袋，故作嗔怒地说："你已经不是普通的水犬了，简直是洪水猛兽啊！"因为我已经成长得这么健壮了！医生阿姨，我真是太喜欢你了！

上唇：棕黑色

舌头：肉粉色

眼睛：栗色

2 月 15 日

你知道"审讯室"是什么样子吗？我知道，因为我今天去过了。

它看起来是这样的：外面是普通得不能再普通的一扇门，不会让人马上想到进去之后等待他的到底是什么。进屋之后，能看见窗前摆着一张桌子，桌子后面有个笼子，墙边还装了一种带水龙头的浴盆。这里的一切都让人觉得可疑，特别是那种毛骨悚然的气味，从中我闻到了狗狗的不幸和他们心灵的痛苦。是什么风把我带到这儿来的？我问自己。可是已经太晚了，我一下子就被拎到了桌子上，一个奇怪的带子绕过我的肚子把我固定住，弄得我连坐都坐不下了。

我一直挣扎着要逃脱，主人也一直忙着用姜汁饼安抚我——可在这种情况下，我压根儿就没心思吃东西！宠物理发师此刻正忙活着，她用的是钻或者是诸如此类的什么东西，声音吓死人了。不要这样对待我！我开始号啕大哭，声音又大又凶，越哭越厉害，因为这样主人就会被我哭得很难过。我能感觉到这一点。

尽管如此，主人仍然没有给我松绑。那个机器是电动剃刀，在我愤怒的哭喊声中，理发师把我整个后背的毛都剃干净了，还有腿上的。然后她又剪短了我爪子上的毛，不过这是我后来才发现的。我敢说，我马上就要死过去了，我只能发出撕心裂肺的喊声。再也——再也——再也不要来这个"审讯室"了！最后还是主人救了我，我们双双都解脱了。

我们永远也不要再去那里了，这件事让主人经历了和我一样的痛苦，我们本来就是同甘共苦的好伙伴。

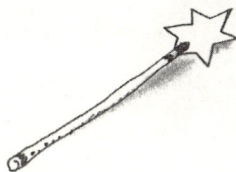

2 月 22 日

这敲门声我很熟悉，还有这味道，肯定是我的朋友路博来了！他今天看起来和往日有点儿不太一样，我歪着头打量着他。

眼睛是棕色的，和平时一样，但他的脸颊上涂了两个大大的红点儿，脑袋上顶着个小尖帽，黑底带金星的。我们又要开始训练了吗？还是为了逗别人发笑？是练坐下、趴下，还是别的什么？也可能路博是为了看上去跟我更像才穿上这身袖子蓬松、裤腿肥大的黑色戏服？我倒是很喜欢在我的毛上有金色的星星！我眨着眼盯着路博。

到底怎么了？
我一点儿也不明白！

他姿势夸张地挥舞着魔棒，大声地说："我要给你们所有人，包括我们第一只也是唯一一只为人们带来欢乐的狗狗施奴佛施展魔法！"

该我上场了！我马上跳过去，一口咬住了那根美丽的小魔棒，"咔嚓"一声咬穿了它。主人见状立即向我奔来，路博傻傻地愣在了那里，我也松开了牙齿。没人告诉我这小棍子是为狂欢节准备的啊，我怎么知道这棍子是不能咬的？

但是主人知道应该怎么办：她锯断了一只汤勺，

先是用刀刻，然后用笔画，甚至也让路博画了几笔，最后在顶端插上一颗星星，一根新的魔棒就这样搞定了！

三月

3 月 5 日

噢！我终于到了能去宠物学校的年龄了！毫无疑问，现在已经是春天了，因为宠物学校在冬天是不开学的。真可惜！人类也不是完全不受天气影响的。可是现在，天气已经不是问题了。谢天谢地！

宠物学校的广场上来了很多狗狗，到处都散发着他们不同的气味，太让人激动了！不过要方便的话只能在路上，在狗狗集合的广场上是绝对不允许的，因为那里有美丽的草坪。虽然这对我来说并非是完全不可能的。好吧，还是听主人的。

最高兴的事情是一下子见到那么多的狗狗同伴。我要是能跟这些狗狗都玩儿个遍就再好不过了！可惜，有些家伙不愿意和我玩儿，比如贝诺。不过没关系，我是有耐心和毅力的。反正我们每周都要见面，下次见面的时候我再试试好了。

我们每十只幼犬被分成一组，在一个巨大的圆形场地里撒欢儿奔跑。不过你想象一下，其实我们不是在追着玩儿，而是围着我们的主人在兜圈子，因为我们还拴着狗绳呢。这样他们也能学着理解一下我们狗狗的语言。想必这是很难的事情吧，所以这里才叫作宠物学校。

要让主人明白点儿什么可真费劲儿，她和我经常想不到一块儿去。我已经心跳加速头昏脑涨的了，可还要钻到一个笼子里去，只有我自己。待在一个狗笼子里，这就说明一切了。不幸和悲伤从每一块板子上透出来。不，不，不，这绝不能忍受。通常我是不会叫出声的，我是说在通常情况下。不过在我被单独关起来之前，我一定要让主人明白将要发生什么。好了，她现在知道我的意思了。

我终于可以在主人的车里——我的第二个窝里——休息一下了。天呀！

又一次感到筋疲力尽，不过如果跟伙伴们玩儿

小卡尔

这是一个贪玩儿的家伙，就像我一样！

宠物学校的同伴们

莎拉，我特别喜欢她

罗克，他有一个充满好奇的鼻子

格莱梯谁也瞧不起

林赛也很喜欢玩儿

这是贝诺，我敢保证他马上就会喜欢上我

拉尔夫和谁一起玩儿都喜欢恶作剧，虽然他时常很胆小

的话，我还是有足够力气的。只是今天没有任何游戏的项目。为什么主人们不明白，游戏在生活中是多么重要，在游戏中学到的东西是最多的！

怎么？这么快就要和大家告别了？和这里所有的朋友告别？我往回扯着我的狗绳，因为我还想待在这里。一点儿用也没有！接着我飞快地跑到了玛丽的身后，撞了她一下，然后跟她一起来回跳跃。

不过回到车里后，我只能把鼻子努力伸向车外，来捕捉些许伙伴们的气味。过了好一会儿，我才叹了口气，沮丧地蜷缩在玛丽身边睡着了。

唉，他们的确还有很多东西需要学习啊，我是说主人们。

爱好一：和伙伴们玩耍
爱好二：小甜饼，特别是牛奶曲奇
爱好三：被人按摩耳部

3 月 15 日

今天怎么这么痒呢，左后肘的地方。我已尝试过用各种姿势，艰难地扭转身子去挠它。站着、屁股着地坐着、躺着，但是哪只爪子都够不到痒的地方。

也许主人能帮帮我。我用鼻子轻轻推了推主人，一点儿反应也没有，我又用嘴巴把她的手顶起来。哈，主人终于明白了。我使劲儿朝她身边凑了凑，靠在她的腿上，主人便在我的身上抓起来。她当然也挠到了那个地方——你已经知道了。她在那个位置犹豫不决地来回挠了几次，突然惊叫着跳了起来："虱子！"她拿了一个蓝色的小机器过来，让我躺下。又要进行一次科学检查了？这一切让我感到莫名的恐惧，在没有经历过的新生事物面前我总是这样。但是主人温柔地把我的脑袋靠在她的膝上，这让我感觉好多了。

她用这个顶端带着小钳子的机器夹到了什么，然后把它从我的皮肤上取了下来。真舒服啊，在不适缓解之前我就忍不住哼了两声。我能闻闻它吗？不行！那尝尝呢？也不行？好吧，可能是虱子不太好吃吧。主人用报纸包着这个小动物，使劲儿攥了攥，扔进炉子里，火化了它。

现在我和主人又可以好好地亲昵一下啦，比如抚摩我、给我挠痒、拽我的毛、互相依偎在一起等等。

总之，一切与此相关的动作。

3 月 20 日

　　我已经察觉到了，我正在慢慢地变成一个真正的小伙子，一个英俊高大的小伙子。我的步子迈得更大了，腿间的距离也更宽了。看哪，看我优雅地小跑起来是多么轻松。一个小小的助力之后便迈开轻捷的步子，像匹贵族的高头大马似的，虽然我跟他们根本没什么血缘关系。

　　主人也发现了我的变化，再次瞪大了她圆圆的眼睛。我跑向她，讨好地用嘴巴蹭她的膝盖，她禁不住大笑起来，然后我们开始赛跑，我飞奔着去追她手中的绳子。

　　接下来，让我敏锐的鼻子找一个合适的地方安放"情书"吧。我已经摆好姿势了，嗯，最好是一次全解决。接着就出现了这样的情景：我的四只爪子刨着地、刨着草、刨着落叶以及这里所有的一切，然后把它们盖在我的粪便上。纷纷扬扬的碎片飞得满世界都是，这种事我以前还从未做过呢！我已经无所不能了！好吧，像我这么优秀的小伙子，一定要给我圈子里的朋友——莉茜、尼罗等伙伴展示一下。

我转身向主人走去，但愿主人也看见了刚才这一幕。她紧贴着灌木丛站在那里，她是为了自己的安全吧？看来是这样子的。可是她怎么把圆圆的眼睛闭上了呀？拜托你睁开嘛，这就对了。

我还得马上跟路博展示一下，我又学会新本领了！明天他就会来！

四月

4月2日

我们已经是第五次来宠物学校了，这就像你要上学一样。玛丽总是和我一起来，跟着她的弗洛。在坐车来的路上我们就想打闹了，不过因为我们都被拴着，所以这有点儿困难。另外开车的时候主人也不允许我们打闹。

刚到目的地我们就迅速地蹿下车子。我们才不想被绳子拴着，我们只想尽情地奔跑，奔跑，奔跑。

还想用鼻子四处探寻，并留下自己的味道。这是多么有意思的事啊！连贝诺也变得友好起来。你知道贝诺，就是第一次见面时不愿意跟我一起玩儿，还对我凶巴巴的那只狗狗。现在我们已经能一起在这里闻闻，那里逛逛，他对什么都那么好奇，我现在知道应该怎样和他相处了。你看，这就是我在宠物学校里取得的进步。

其他的事情就太无聊了：这里站站，那里坐坐，或者来回走走，自由活动时间少得可怜。也许正因为如此，我和玛丽到最后的时候都疲乏极了，因为无所事事。

喜欢吃的: 果树上掉落的水果
更爱吃的: 马圈里的粪便
最爱吃的: 马粪球

4 月 7 日

郁金香已经盛开，生长在向阳处狭长的花坛里。有玫红色的、橘色的，还有接近黑色的，各色郁金香正争奇斗艳地怒放着。你知道我要说明什么吗？

狗鼻子，我用它可以破译各种味道，并准确地辨认方向。

我们葡萄牙水犬的典型特征：额头的刘海儿和长长的卷毛

我的耳朵是耷拉下来的，而别的狗是直立或者半直立的

脖颈儿，这里是接种疫苗的部位

马肩隆，这里是测量身高的位置。比如我将长成一只中型狗，那么马肩隆顶点到地面的高度就是 40~64 厘米

臀部

尾巴，我可以用它来讨好主人

上唇的下垂部分

舌头

我的嘴，人们也叫它口

前肢

我们狗狗的大脚趾长在这里，不沾地，人们也叫它悬蹄

腹部

后肢

在尾巴下面长满了毛 →

这是我的身体！

在我的脚趾间长着蹼，水犬嘛

我的爪子印是这样的

当然要说明我们正在户外，在花园里。

路博和我在玩儿追球和跳跃钻圈的游戏，这需要很大的场地。圈圈是崭新的，碧绿的颜色，闪闪发光。当被人摇动的时候，它还会发出很轻的"嗡嗡"声。圈中间是一个很大的洞洞，我要从这个洞洞里面钻过去，只要后面有一块姜汁饼等着我。当圈圈滑落草地的时候，我也会跳过去。我很聪明，任何技巧只需练习一小会儿就能掌握，比如跳这个圈圈。路博和我都为此而骄傲，主人当然也是啦！所以他们俩经常陪我在草地上练习，为我们的狗狗杂技表演做准备。没过多久我就都学会了，因为我是一个天才。

它闻起来有春天的味道，确实是！

4 月 12 日

鸭子夫妇已经孵蛋了吗？路博和我猫着腰，悄悄地向鸭子夫妇的别墅摸过去。靠近鸭窝外面篱笆的灌木丛正好用来给我们做掩护。路博说，如果鸭女士已经进窝了的话，我们的动作一定要很轻很轻，这样才不会惊扰到她。但是鸭女士并没有坐在窝里，而正和她的鸭先生一起浮在水面上。这真是太过分了，我忍不住了，并大声地叫了出来。鸭子夫妇吓得差点儿扑腾到隔壁的栅栏上，扯着嗓子大喊表示抗议，水面拍打起了浪花，树丛里的小鸟们都惊叫着四处逃散。

闹出这么大动静，我吓得心跳都快停止了。我跟着路博远远躲在巨大的楦桴树丛后面，直到外面又恢复了之前的平静，小鸟们也回到了各自的枝头，继续叽叽喳喳。

现在我知道了，埋伏的时候是不能乱叫的！即使我觉得自己马上马上就要爆炸了也不行，因为我们不能暴露自己。我们必须秘密地观察鸭子夫妇，不然他们就做出鄙视的样子，根本不和我们玩儿呢！

五日

5月3日

这就要回去了吗？我还没溜达够呢！还没回到

主人的父母家里，她就巴不得已经背上包包穿好鞋子又要往外走了。这可不能怪我，是她自己起得太晚了。所以她不能就这么丢下我们，丢下我！

确实，我喜欢待在主人的父母家。因为这里有一个露台，不论冬天还是夏天，我们都可以在院子里玩儿。我也可以跟着他们到花园去。我在这里可以吃到世界各地最最精美的食物。但是今天，我只想跟着我的主人，我用最最忠诚的眼神望着她，可是仅靠这个是无济于事的。"带着我吧！"我大喊着，并摇晃着尾巴，从每根毛发深处发出呐喊。"今天不行，我的施奴佛，我要迟到啦。"显而易见，今天我得不到主人温存的告别抚摩了。主人的妈妈紧紧地抓着我，不然我会跟出门去。

我也说不上来为什么今天有些忧郁。不过主人的爸爸妈妈不断地用磨牙棒和鱼骨头安慰我，给了我比平时多得多的爱抚。我摇摆着尾巴，向他们示意我是多么满意，还把几个玻璃杯打翻在茶几上，其实杯子里本来也没什么东西，对不对？

为了排遣内心的一部分忧伤，我趴在主人父亲的脚边，这样我会好受些。

当主人晚上回来的时候，我们来了一场盛大的欢迎仪式，我用打滚儿、欢笑和其他所有形式隆重地迎接她，毕竟我是主人最宠爱的狗狗！要是爸爸知道了会发自内心地笑出来，就像我们行点旗礼时一样。如果妈妈知道了，她会满意地趴下并露出会心的微笑。

住在我们花园里的伙伴：
一对鸭子夫妇（暂时的，以后会更多）
住在我们前厅里的伙伴：
两只绿色的河马女士（她们是看大门的）
住在我们客厅里的伙伴：
三只坐着的猫（一动不动）

鸭女士正坐在她的别墅里

还没等跑到门口，
我的狗鼻子就已经伸到了地上

主人，我要出去玩儿！

嗯，莉莎，
她又不高兴了

先尿一泡，这样一来，我的
朋友们都能知道我的新消息了！

这样把腿抬起来意味着
我是公狗（但并不是一
开始就会这个动作）

我喜欢做这事的
地方有草丛、树干、
栅栏栏杆，还有……

我做这事的时候
玛丽看我的表情

这个动作带出来了一封新的"情书"

它们将由主人亲自收拾起来，
并放到垃圾袋里

→ 这是狗屎
袋子

用报纸也可以，然后人们可以
把它放到炉子里烧掉

5月4日

她终于坐下了！我是说鸭女士，她终于坐在窝上了！覆盆子树后面是我和路博的藏身之处，我们在那里默默地观察着她。在我看来，一只坐在窝上的鸭子和坐在壁炉上纹丝不动的猫没什么两样，可路博却显出很激动的样子。如果路博来了精神头儿的话，我当然也要跟他一起兴奋啰。我能清楚地感觉到他的心跳。我侦探般的眼睛紧盯着路博关注的方向。只要路博有兴趣，我就会一直陪他看下去。

路博说我们现在必须有足够的耐心，因为小鸭子在出壳之前，要在蛋壳内生长。可是在这些鸭蛋和鸭子面前静静地守着，真让我筋疲力尽，我必须要打个盹儿了。在路博的怀里，在树荫下面，我静静地睡着了。

5月5日

今天我们经历了好多好多事情——第一次真正的远行嘛。

接着是各忙各的，我在车上自己的窝里，主人在学校，和很多孩子在一起。遗憾的是我不能跟主人一起去。不过我清楚地闻到了很多气味：充满好奇与紧张不安的，它们来自主人和孩子们。他们相互认识了，并且相处融洽。这就是我闻到的气味！它弥漫在主人的裤腿上、夹克上，无处不在。我的尾巴因为兴奋不由得颤动起来，这是回家的方向，也就是我以前生活的地方。

现在是晚间看电视的时间。我们当然要找一部有狗狗出演的电影看，其他片子我根本不感兴趣。主人舒舒服服地蜷缩在沙发上，我卧在地板上紧贴着她的脚。眼睛马上就合上了，这时我忽然听到清晰的犬吠声，会是谁呢？我的鼻子迅速地开始捕捉来自各个方向的信息，但是闻不到任何特殊的气味。待我仔细看了电视屏幕才发现，原来是电视里那只白色皮毛上带着棕色斑点的狗狗在叫。我的鼻子在电视里的狗狗图像前细致地侦察着，但是除了鼻头周围的"唰唰"声，我获取不到其他任何东西。真是遗憾，这样我根本没法真正地认识电视里的狗狗朋友。

看电视并不能带给我全部的快乐，我又从玩具箱子中取出了另外一些玩具。拴着绳子的球球也在里面，我把它抛到主人的怀里，可是主人不想玩儿这个。那我们玩儿"小胖子"怎么样？她干脆把所有东西都倒在了地板上。我拿起布章鱼，还有零七八碎的别的什么——一些系在一起的章鱼腿，玩儿这个吗？可主人根本连看都不看。这可不行，电视里的狗狗刚好在表演一些小杂耍，他正起劲儿地翻着跟头，看上去还真不错。

我在主人的鼻子前面摆出最优美的"乖狗狗，快坐好"的坐姿，不要视而不见嘛！为了强调我的存在，最好还是叫一嗓子，这就更保险了。我气沉丹田地猛然发出了响亮的叫声：乍一听像是爆炸，然后变得平地惊雷般嘹亮。这一招儿果然立竿见影。主人惊得打翻了身边所有的东西，包括茶杯里的茶。真的是所有的东西。"施奴佛！"主人用一种很特别的音调叫着我。

我在这儿呢！这种让人记忆深刻的叫法是我最近才学会的。唯一不会被这叫声吓到的，就是我自己。一个像我这样的大小伙子，不就期待着这样的效果吗？是不是？

我得到了主人非常温柔的爱抚。肯定是因为我那美妙的叫声。当电视上的狗狗表演结束后，主人给了我一个大大的拥抱。"明天我们一定要赶紧去书店，"主人说，"去找一本叫作《狗狗游戏》的书。"主人说这样我就能学会如何翻跟头了。狗狗在电视里表演的那些动作，说不定我也可以完成。你觉得呢？反正我已经会在地板上匍匐前进和倒退了，还有爬椅子。

名字: *狗狗施奴佛*

昵称: *施——奴——佛——*

绰号: *施奴佛！*

5 月 6 日

一大早我们就飞奔去了书店，并且找到了一本跟狗狗游戏有关的书籍。书中最重要的游戏就是狗狗翻跟头。因为我跟主人都天资聪颖，所以不一会儿我就掌握了要领。说白了就是主人指挥，我随着她的命令做。首先我要躺在地上，周围留出许多空地。然后主人拿着一块酸奶饼干从我的鼻尖挥舞着直到后背的位置。唉，我完全无法抵挡这个诱惑——这会儿我已经朝着后背的方向翻过去了。就是这么简单。

我们决定，一定要多多练习，路博自然会帮助我。等到我们狗狗杂技团演出的时候，我们就表演翻跟头。你也来看吗？

5 月 9 日

刚刚经历了一场死里逃生！

按我们葡萄牙水犬的家庭传统来说，我是爱水的，这毫无疑问，但必须是在有新鲜空气的情况下。大片的水域，细小的溪流和大大小小的河流——户外的一切水域，都被我用来纳凉。先把前爪踏入水中，然后喝上几口，狗狗还能在水里做些什么呢，当然是跑到水里玩儿啦，然后再跳进水里好好玩儿一下。如果天气不是那么冷，至少四五度以上的话，游戏结束后我最喜欢跳到水里洗个澡，然后看看主人是不是正在等我。如果她没有叫我回去，我就可以在水中舒舒服服地伸开四肢，啜饮几口，享受一下，不过如此。

可是这个闻起来有香皂味道的东西叫作浴盆吗？从外观上看，它就已经让我有些怀疑了。在主人把我放进浴盆的一瞬间，我忽然明白刚才疑惑的原因了：这纯粹是个滑冰场！在通常情况下，我怎么用得着这么小心翼翼的？头顶上还突然喷下来了水！这真是吓了我一大跳！

我不断地用爪子抵抗着——这点你可以相信我——拼尽全力想摆脱这种处境。主人呢，则用尽全力把我按在水里。她有时会不小心撞翻我的狗狗香波或者碰开了水龙头，这时我就马上试着逃走。不过总是失败。打香波——淋浴——擦干——当这些步骤结束之后，我终于能跳出去了，快得让主人猝不及防。我使劲儿地抖动着身子，用力甩着身上的肥皂水，不要，不要，不要！

在这之后，我身上是有点儿干了，可主人为此要从上到下为卫生间除湿，从天花板到地板上的水迹都要擦干净。这下她该知道了吧，她到底用了多少水折磨我。

身上的水差不多干了。主人给我擦脸的时候就像按摩，我很喜欢。我的脚掌和脚趾间有点儿痒痒，脚蹼是我非常敏感的部位。在我走回休息处的路上，我至少还得抖搂上百次，还没完全干呢，虽然已经擦湿了两条大毛巾。我听见主人自己嘟囔着"浴室要重新刷漆了"。

我希望主人能够自己意识到：给我洗澡是要付出代价的！

路德维希的望远镜，你有没有用它看到鸭女士？

₅月12日

一点儿也没有变化，鸭女士还是坐在她的窝上，像一尊塑像一样，纹丝不动。而鸭先生却优哉游哉当我"香气"十足的时候，主人却并不满意，所以我要在这里面洗澡。

主人现在已经不用这个给我洗澡了，谢天谢地！

所有属于我的东西都要洗个澡

咦！！！水从上面喷下来了！来点儿温水好不好？

没有防滑垫我是不会进浴缸的

施奴佛

主人

我的毛巾

这是我的专用狗狗香波，用别的会毁了我华丽的皮毛，旁边的是主人用的

我至少需要四条毛巾来擦干身上的水

甩水是这样开始的，也是这样结束的！

除此之外我还要自己抖擞至少十次！

地在水池里来来回回地游着。如果我早知道孵蛋是这么无聊的事情就不在这里看她了。还好，不是只有我在观察他们！路博从路德维希那里借到了一个望远镜。借助望远镜，鸭子的每根羽毛他都看得一清二楚，他自己这样说。一根羽毛到底有什么看头呢？我趁机投入地舔我的前爪，把它们弄得干干净净的。偶尔也瞧瞧正张开翅膀飞着的苍蝇，还有那些辛勤的蜜蜂，他们正"嗡嗡"地叫着从一朵花飞向另一朵花。我肚子已经饿得咕咕叫了，可还是没有任何小鸭子出壳的迹象。

我宁愿去玩具箱子里找点儿好玩儿的东西，给我和路博玩儿。

5 月 17 日

我很喜欢练习各种项目，比如所有在宠物学校里学到的口令，练好了可以在学校炫耀一下。还有其他的一些口令，如一边梳理皮毛一边表演"坐下——躺下——别动"。还有我们的狗狗杂技："倒退""匍匐穿过长凳"，或者"跳过长凳"，以及"跳圈圈"。还有最重要的一个："翻跟头"。

但是，这是让我练习"单独留在家里"吗？

我的确经常是自己独处的，当我们都忙的时候。主人会沉浸在她的领域里，就像我醉心于嗅来嗅去一样。但是，真要把我一个人留在家里，看着主人穿上鞋穿上外套锁上门，一切都不让我参与。不，不，不！我一点儿都不喜欢这样，即便是练习我也不愿意。

我耷拉着嘴角和耳朵，在主人身边不停地晃着，做出一副"我真心地想要跟你们一起去"的样子。至少路博要留下来陪我，行不行？

"求求你了！"可是这招儿丝毫不管用。主人拿着一块狗狗饼干放到我眼前，但我现在对它完全没有兴趣。我还从来没有单独待在家里呢！

我唉声叹气地一屁股坐到地上，眼睁睁地看着门被锁上。我盯着大门给它催眠，好一会儿也没见房门有什么动静。忽然我觉得非常疲倦，好像刚才是在给自己催眠似的，于是我就睡着了。

钥匙开门的声音把我弄醒了。我的拿手好戏迎宾舞还没跳多久就被主人塞进我嘴里的酸奶小甜饼打断了。她说:"真是个乖狗狗!"其实我今天什么也没做,对吧?

练习场地:*花园里的草地上*
练习口令:*趴下! 停!*
练习的杂技:*跳圈圈*

5 月 20 日

我认识了一位新朋友,她漂亮极了,而且是从国外来的。我们在一起能很好地交谈,沟通毫无障碍,因为我们狗狗的语言本是世界通用的。

我的新朋友名叫莉莉,我对她一见钟情。因此我对她摆出了一种姿势,让我看起来起码有原来的两倍大了。她也喜欢我,我可真是个幸运儿!

我们配合得简直太完美了,因为我们的本性是那么不同。莉莉负责照看大家,让大家待在一起,把每个想跑走的家伙都追回来。我呢,只要朝那些跑开的小子大声狂叫,它们就被吓回来了。莉莉还

能敏捷地接住我的"小胖子"。而当我重新夺回"小胖子"的时候，我就把它扔到空中，然后再重新接住它。我们就一直这样玩儿着，真是其乐无穷！

莉莉是只守门犬，是专门看门护院的狗，我是只水犬。但我们两个都喜欢游泳。莉莉甚至还有家谱树，这个"树"可不是解决内急用的，家谱树上有所有家人的名字，有她父母的、爷爷奶奶的，还有之前所有家里人的。没人能把家族里所有人的名字全都记住，所以就用家谱树记录下来了。

我不需要记录在我爸爸那边或我妈妈那边，家族里有一只长着黑毛的奶奶或爷爷，他们跟我一样。我不需要记录这些，不然家里的一切会变得太复杂，我是说家谱树。即便没有这个，我也是只纯种狗狗。

的确是这样的。我爸爸是葡萄牙水犬世界冠军，拥有泛着银光的棕黑皮毛和让人印象深刻的不凡表现。他让人过目不忘，我必须承认。他娶了一只随和又品性良好的葡萄牙水犬。他深爱着妈妈，妈妈

莉莉

也爱上了爸爸。按我们狗狗的习性，在一般情况下，公狗是不会主动选择伴侣的。可爸爸爱上了妈妈，所以我和七个兄弟姐妹就诞生了。妈妈说，狗狗之间的爱情不会持续很久，但是他们的后代——就是我们，会一直活下去，活一辈子。正因为如此，我们才能高兴地陪伴着主人，过着狗狗的美好生活。

对了，还陪伴着那些亲爱的朋友们：莉莉、玛丽、路博以及其他所有人。

5 月 23 日

嘀嘀嘀嗒！！狗狗施奴佛杂技团的首场表演开始了！最重要的表演者是——狗狗施奴佛！

莉莉竖着耳朵兴致勃勃地看着，正像她的主人奥勒先生一样。路博也在一旁，他也是观众。我给大家展示了我已经掌握了的那些绝活：坐下和趴下就不用说了，还有打滚儿、倒退、钻绿圈圈、跑步立定以及匍匐穿过凳子，当然还有跳过凳子。大家都看得兴奋不已。我的身体如此轻盈，心跳如此激动。我能非常清晰地感觉到主人和我同样紧张，尽管我偶尔也要向别人抛个媚眼。这简直太让我兴奋了。

这里，有奖品
在等着我

我可以爬进
穿过障碍物

施奴佛
狗狗杂技团

或者爬到上面后
再跳下去

我还会跳圈

就这样我学会了
翻跟头

"趴下"
我已经
会了

引诱着我去闻它

然后

"嗖"的一下
就翻了个个儿

美味就在我的鼻子前面

就像这个样子

重新四脚着地

"伸手"还是
有点儿难

我总能得到一块小甜饼

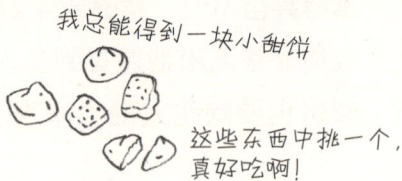

这些东西中挑一个，
真好吃啊！

还有姜汁饼，味道好极了！

　　表演结束后，主人向观众们鞠躬致意。我来不及吞下她手中最后的一块酸奶曲奇，就迫不及待地和路博、莉莉相互簇拥着向草地飞奔过去，完全不需要任何技巧！

杂技一：葡匐过板凳（小菜一碟）
杂技二：伸手（什么？对！是伸爪子！）
杂技三：侧滚翻（非常迅速地）

六月

6月4日

　　好不容易这一切终于都结束了，真高兴死了！终于不用继续无聊地钻圈、躺下、立定、和主人齐步走，或者坐在座位上。不论干什么脖子上都要套一个项圈，难道我是一只牧羊犬吗？

　　不过我也着实有点儿难过。和那些狗狗伙伴们在一起真的很有趣。要是能跟他们一起再多玩儿一会儿就好了！

因为我们——主人和我，都有点儿难过，因此我们决定：再寻找一个新的宠物学校，那里的学习内容一定要更有意思才行。我们在网络上认真寻找新的学校地址。在夏季这段时间里我们就在花园里练习。就这么定了！

找到新的学校后，我又能结交到新的朋友啦！

6月7日

医生阿姨简直太神了，也许是因为诺拉总在一旁帮她，或者是因为她俩都棒极了，我也说不清。

她们还送了我一些东西，主人说是除虫用的。这个是要和猪肝酱拌在一起吃的，真的是太——太——太美味了！这么好吃的东西我还从来没吃过呢。猪肝酱在肚子里面占了很多地方，让虫子们无处藏身，大概是这样的吧。可是当我摸着自己的肚子时，觉得里面好像还有空儿，还能装下很多很多很多猪肝酱。

我贴着主人的脚后跟站着，医生阿姨没有再多给我一些吗？没有？半年以后才能再见到她吗？真希望下次拜访她的日期早点儿到来，亲爱的医生阿姨。

施奴佛最讨厌的事：洗澡
施奴佛不太喜欢的事：梳毛
施奴佛喜欢的事：挠痒

6 月 8 日

路博！快看，他们在那儿，小鸭子！主人带着我一路狂奔去接路博，让他跟我们一起看孵出来的小鸭子：八个黄色的小绒球跟在鸭妈妈身后游来游去，他们手舞足蹈，摇头摆尾，有时候还会沉到水里去。天哪！不过一会儿又被推到水面上来，像是出来换气似的。我也激动得手忙脚乱，像那群小绒球一样。主人一直都在设法稳住我。在她不断的抚摩下，我才能不"汪汪"乱叫。我真的是太亢奋啦！因为我想和他们一起玩儿！我可是只正宗的水犬！可是主人说，如果鸭女士受到惊吓就会变得非常野蛮。这对我来说太危险了！

我歪着头琢磨着，这些小小的摇着小尾巴的家伙对我能有什么危险呢？那好吧，说不定我们以后会一起玩儿呢。眼下我有我的小河、院子、金鱼池，还有我的路博，以及其他许许多多的东西，这些就够我玩儿的了。

鸭女士也有八个宝宝，跟我妈妈一样。

6 月 10 日

我们得把自己打扮得漂亮点儿，因为主人得了一个奖。我猜这个奖一定是一份礼物，同时还有一个盛大的庆典。

我必须跟着去，因为我是如此引人注目。一身长长的自来卷毛甚至引来很多人嫉妒。但是也有人知道，我为这身漂亮的卷毛承受了多少痛苦。主人总觉得我刷净梳理好卷毛后会变得更漂亮，她希望最好每天都为我梳理。幸好她没有那么多时间，一般也就三天梳理一次，顶多这样。在那个时候她会拿着一个有很多很多小齿的梳子给我梳毛。我告诉你啊，太难受了！主人用它给我梳理毛发，跟刷马似的。梳子不断地揪着拽着我的毛。每次都跟第一次梳的时候一样疼。不过好久没用它梳过了。主人第二次用的梳子和第一把相反，这是一个带着大齿的梳子，我更不喜欢这把。用它梳理的时候会碰到我的皮肤，还会缠住一大堆卷毛。这我可忍不了多久，除非能让我闻闻它，啃啃它，不过主人一般是不允许我这样做的。那我就尝尝这些掉下来的带着美妙气味的毛毛好了。它们在我的舌头上被团成一个小球，沿着我的颌骨在嘴里转来转去，最后我再把它们吐出来，或者咽下去。当然了，主人是不允许我咽下去的。

当主人给我梳毛的时候，我最可能做的事情就是把头靠在她的膝盖上，露出急切的眼神：一个充满感情色彩的狗狗的眼神。"我够美了吧?"这招儿很管用，现在主人拿起我最爱的那把刷子——一把精致、柔软，和我一样漆黑的刷子，用它在我肚皮上和后腿内侧做按摩。这真是极大的享受。遗憾的是这把刷子不能用在身上的所有地方。如果用的话我是绝不会反对的! 可惜不行。主人已经放出话来，她绝对不会用这把刷子梳理我的毛。刷了又能怎样呢？

好了，现在我已经够美的了。为保险起见，我又有力地抖搂了一下全身的卷毛，好让它恢复到更自然的样子。之后主人钻进了她那带着香皂气味的小房间，而我则去了长凳底下最后面的角落。那里是蜘蛛们住的地方。这儿可真安静啊，正是我现在急需的地方。

接下来就该从家里出发，去参加我心目中的盛典了。路博也会去，直到我们回家之前，他都会和我在一起。

6 月 16 日

我们正在履行每天早晨的仪式：去河边散步。主人一如继往地走在后面，我在前面领路。

这条河我们已经很熟悉了，虽然它总是变幻莫测：冰天雪地或霜降的日子里，河面有亮闪闪的结晶；在夏天明媚的阳光下，河水又变得波光粼粼。我爱它每个季节的样子，也爱在河里游泳。每天走过的路，我们已烂熟于心。我甚至不用眼睛，只动动鼻子就能认得出来。

这些东西让我美丽和健康：

最少每星期一次，
要用刷子刷毛

哎哟，哎哟！
我的薄弱环节：
毛茸茸的耳朵，
有时也要打扫一下

我的毛

耳朵

毛

所以不掸鼻涕，只是
很吊儿不用力地打喷嚏

最好的脚趾护理
是走路和奔跑

滴管

一个装着
洗涤剂的瓶子
（是从医生阿姨那里买的）

先要由主人
用手暖热

用滴管往
耳朵里滴
几滴

然后轻轻地按摩
耳部，舒服啊

接着我必须抖搂抖搂，
有水喷下来了

请不要用力，
这招刷子太大了

这招梳子被缠
住了，停一下，轻
一点儿，哦哟！

这是我喜欢的柔软的黑刷子，请刷这里，这里，

干脆全身吧

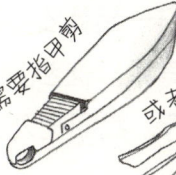

有时候我们需要指甲剪

或者镊子

对一只公狗来说，显现出性特征是再正常不过的事情了。我的善于搜索的鼻子像往常一样搜寻到了可以尿尿的地方，当我摆好姿势准备开始的时候，竟第一次抬起了后腿，左侧的。开始时有点儿摇摇晃晃，弄得我差点儿摔倒。单腿平衡看来还要多加练习。玛丽依旧没有什么新本领：还是用后腿蹲坐和"快追"。但是，要想成为一只真正的公狗，就必须学会单腿站立——左腿和右腿都要会，这是不言而喻的。

看，我可以做到了！

6 月 17 日

猜一猜，我现在在多高的地方？

我们一起徒步旅行，爬山去了。主人、马努埃尔，还有我。徒步旅行就是一整天都在户外活动，比如昨天，我们在外面活动了十个小时，一会儿跑，

一会儿走，一会儿又躺下休息、吃饭，一切都是在
这么高的地方，在山上。我们现在身处的位置是海
拔 1637 米，你能想象得到吗？我可想象不到，尽管
如此，我还是上来了！

　　典型的徒步旅行首先是要上坡，之后呢，就是
不断地下坡。不过对我来说并非如此，因为我总是
跑来跑去，一会儿上坡一会儿下坡，上上下下跑个
不停。没办法，这里简直太美了！而且总能闻到不
一样的气息：有土拨鼠的味道，有寒鸦、杜鹃花的
气味，还有奶牛饲料的味道。你能想象吗，在这晴
朗的盛夏竟然还有雪的味道！在通往谷底的山坡上
有狭长的冰川舌，我们要走下去吗？我可不要这样，
看我的！在遇到每条冰川舌时，我都迅速跑到上面，
起身跳跃，然后肚皮着地伸展四肢向下滑去，"哧
溜——"就滑到了下面。真是太刺激了！你无论如
何也要登一次山！

1637 米处

在继续前进之前，我们要补充点儿能量，吃点儿水果和干粮。主人正透过望远镜观察着土拨鼠，土拨鼠离我们太远了，我几乎闻不到他们的味道。穿过他们住的岩石时，我才发现许多他们的足迹。目测范围内我竟一只土拨鼠都没看到，真是些让人扫兴的家伙！尽管如此，我还是兴致勃勃。我觉得哪里都不如在山上好玩儿，直到我发觉山上还住着一些其他的动物——我们自古以来的天敌。

不过明天我才能见到他们。

新爱好：*肚皮朝下滑雪*
新乐趣：*追踪土拨鼠*
新经历：*遇见了奶牛，宁愿给他们让路*

6 月 18 日

我们住的地方没有专门的宠物室，也不允许我进入早餐室，要是我们早点儿知道就好了。

当我在对面草地上饱嗅一顿后，我的早餐被端到了屋里，主人给我留的。于是我顺势躺下，躺在了主人的床上，主人什么都没说，因为她在早餐室里坐着呢。如果我听见钥匙声，马上就蹿回到我窗边的小毛毯上，眼中露出无辜的神色四处看看再倒头睡去。主人会立刻手忙脚乱地抖着床单、被罩，火冒三丈地骂道："脏死了！"我毫不知情，谁知道这脏东西哪儿来的，我只在你床上睡了个觉而已。

其实我知道，主人是不允许我去她床上的，可是早餐室也不允许我进呀！生活中总得有点儿允许我做的事情吧。

好吧，总算允许我跟他们一起去牧场。遗憾的是，这对我来说有点儿难办。因为牧场上不仅住着人类，还有奶牛，不止是一只，绝对不止，而是好多好多好多只。你知道吗，奶牛和狗狗自古以来就是天敌。但是没有人替我想到这点。主人没有，马努埃尔也没有。现在我们又要从这一大群敌人中突围了。如果他们看到我，就会全体起立，低着脑袋，

还没有到门口，
我的鼻子就凑到了地上。

"主人，我必须出去了！"

123

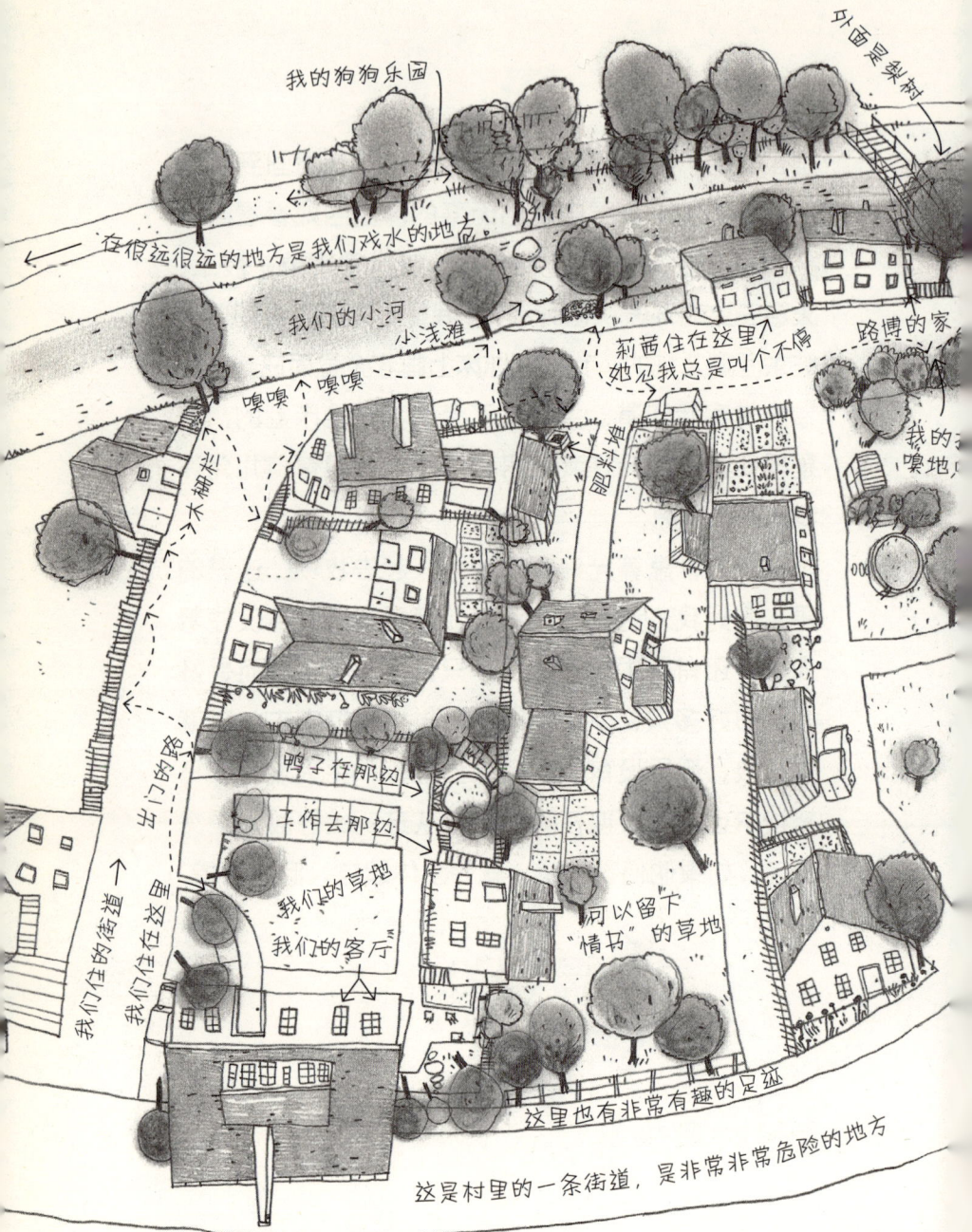

我的狗狗乐园

外面是我的村

在很远很远的地方是我们戏水的地盘

我们的小河

小浅滩

莉茜住在这里
她见我总是叫个不停

路博的家

我的
喫地

喫喫 喫喫

肥料堆

木栅栏

鸭子在那边

工作去那边

我们住的街道 →

出门的路

我们住在这里

我们的草地

我们的客厅

可以留下
"情书"的草地

这里也有非常有趣的足迹

这是村里的一条街道，是非常非常危险的地方排成一行，齐头并进地向我逼近，真是名副其实的攻击啊。

为什么我生下来不是一只羊呢？跟奶牛相比，鲨鱼反倒成了心地善良的对手。主人和马努埃尔引开奶牛并拦住了他们，我必须赶紧从后面逃走。有时候我会惊慌地朝相反的方向跑。当我不敢继续往前跑的时候，会就地跳起一米高，但是之后我还得跑，完全顾不上方向，最后才朝着主人发出声音的地方跑了过去。

谢天谢地，我们大家都毫发无损地回到了牧场小屋。莫娜已经等在那里了，她是我的好伙伴。我真是太太太高兴了，是不是该问问莫娜，她是怎么把那么多奶牛赶到一起的呢？而且一点儿都不怕他们。等会儿再问吧，首先我们应该互相好好认识一下。你已经知道了吧，我们会互相闻闻味道，一起追赶玩耍，还有诸如此类的其他各种动作。

6 月 20 日

我的腿还没有踏上家乡的地界，我的身上还满是高山、奶牛、冰川舌和土拨鼠的味道，那边就传

125

来了久违的声音："哎！真是你们回来了吗？"看来路博完全没想到，我们这么快就回来了。我用最优美的姿势围着他跳舞，向他表示问候，只为他一个人。之后我们冲到小花园里，看看一切是否和原来一样：花园里有我们练杂技的草坪，钻圈用的绿圆圈，鸭子夫妇的别墅现在挤着满满一大家子。路博品尝了第一批成熟的覆盆子，而我则痛快地喝了满满一大口金鱼池里的水。

回家的感觉真是太好了！

我们已经回到了河边的家中
我们登上过海拔 1600 多米的雪山
我们回到家时筋疲力尽，该休息了

七月

7 月 2 日

主人跳上她的自行车，我开动我的四条腿。借助于车轮子我们转眼就在半路了，这期间主人甚至还出了事故，是和我有关的事故，或者说得更清楚点儿，我摔了一跤。当时主人正在刹车，没有注意到我，可我还拴着绳子一直跑着呢，要想跟车同时停下来是不可能的，所以我就摔倒了。不过有时候我是能够跟车子步调一致的，比如我不急着拉屎尿尿的时候，就像现在这样。

现在我们要全速穿越夏天的热浪和阳光的照射，直奔我们河边的"沐浴岛"。

去那里游泳对我来说是常事，可主人还没有在那里游过泳。今天她至少是带着她的游泳用品一起来了。水已经没过她的小腿肚子，她还会继续往前走吗？

她往更深的地方走过去了。啊，吓了我一跳！她穿着那么时髦的泳装，不不不，吓到我的可不是她的泳装，而是突然之间只能看见她的头了！我在岸边的鹅卵石路上跑过来跑过去，来来回回地叫着，用尽我最大的力气，大声、大声、大声地喊，但是主人还是没从水里出来。事情很清楚了，我一定要去救她！在下水之前，我小心地试探了岸边的石头是否结实，然后我测定了水的深度，还有返回时的路径。在紧急情况下，我必须首先把这一切都弄清楚。

　　"施奴佛！"主人叫我了。我来了！我屏住呼吸一下子冲入水中，使劲儿挥动着四条腿向主人游去，紧张而又用力地向她扑过去。"施奴佛，你这样会淹死我的！"主人惊呼着把我推开。原来是一场误会。但我必须救她啊！

　　她终于游到岸边了。上岸后她检查着自己大腿上的伤痕，有好多条红道道。"你看看，这都是你干的好事！"主人有些生气地说。这是我干的吗？可能是在紧张的救援行动中误伤的吧。完全是无意的，因为我一点儿都想不起来了。

只有我们水犬才是真正的游泳高手！人们要是知道这个就好了，

真遗憾！

主人马上发现我不是故意这样做的，不觉笑了起来。我们又玩儿起了游戏：她把我的红球扔到水中，我跳起来追赶红球再把它捡回来。

7 月 6 日

因为一会儿有客人——比如我——要来，玛丽把她的玩具骨头藏了起来。今天我们要在院子里把这宝贝挖出来。我和玛丽比赛看谁挖得深。我们挖啊挖啊挖啊，一块玩具骨头都没有找到，但我们已经快把地球挖穿了，我保证。在那之后我们口干舌燥，渴得不得了，就冲到铺着石板的路面上休息了一会儿。安娜来接我们回去的时候十分讶异，因为她还不了解我们最新的喜好：寻宝。可能要有几朵小花成为我们嗜好的牺牲品了。

我们确实能给每个人都带来惊喜。很厉害啊，对不对？

最好的女友：*莉莉*
最好的姐妹：*玛丽*
最好的人类朋友：*路博*

7 月 14 日

路博与我怎么才能玩儿得高兴，我是很清楚的。所以每当我们在一起的时候，我就从玩具箱子中挑出一个我最爱的玩具，摆在路博脚前。我选的都是些很奇妙的东西，比如：

＊一只袜子。皱巴巴的，它曾经属于马努埃尔，现在是我的了。算我运气好，它闻起来还有原主人的味道。

＊几块小皮子。是从我的羊毛毯子上掉下来的。羊毛毯子的整体部分在我肚子下面垫着，不会去别的地方。但是脱落下来的那几小块也还留着，供我和路博拽着玩儿，看谁拽的时间长，直到我们都坚持不住了才撒手。

＊罗莎的眼镜盒。我把她的眼镜盒啃了之后她还挺高兴的，因为她终于能换一个新的了。罗莎往眼镜盒里放眼镜的时候，一定会常常想起我。

＊一只方格子图案的拖鞋和一只圆圈图案的拖鞋。它们原本就不是一对儿。我记得，当我还是小狗狗的时候就把它们的另外两只咬坏了。我特别特别喜欢用前爪按住它们咬着玩儿。

从羊毛毯子上撕下来的小皮子

罗莎的眼镜盒，已经很旧了

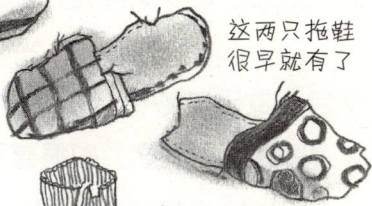

这两只拖鞋很早就有了

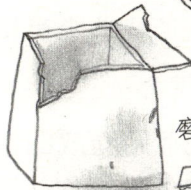

磨牙玩具

马努埃尔的袜子，还留有他的味道

一个空点心盒

我的胶带球

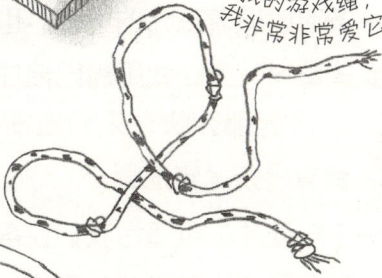

我的游戏绳，我非常非常爱它

塑料飞盘

小硬球

在户外玩儿的大球

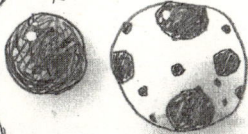

塑料球

我的布牙刷

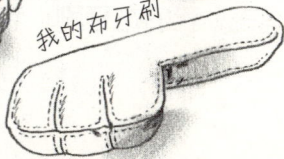

所有东西都出自我的玩具箱

＊各种形状不一的纸盒子。它们都是属于我自己的，主人更喜欢咬其他材质的东西。

＊一个空的点心盒。当我用牙咬它时，它会在我牙齿间发出美妙的"咔咔"声。主人听到这个声音总会感到后背发凉。她很喜欢这种感觉。

＊我的胶带球。这是一个完全由胶带缠成的球球。这可是我亲自从废纸篓里"打捞"出来的，很适合当足球踢。尽管如此，我对它还是要小心一些，因为说不准什么时候它就会粘在我的嘴上或者鼻子上，那样一来我就得使劲儿抖搂一番。

＊一条可以追着玩儿的绳索，也能用来跳高。

＊我的塑料飞盘。我用嘴巴接住它的感觉真是太美妙了。它飞得那么快，人们根本不知道它会飞到哪里去。我真是技术精湛哪！

＊一个小硬球，很适合我们在客厅扔着玩儿。

＊大球球是在户外玩儿时用的，否则有些东西就会被弄坏。

＊一个塑料球，我也很喜欢它。它简直就是游走在我齿间的一团云朵。

＊还有呢，我的布牙刷！我差点儿就把它给忘了。

好了，路博，你说我们先玩儿哪一个呢？

7 月 29 日

　　天气真是热得够呛，我简直一步也不想走。既不想玩儿游戏，更不想练习那些狗狗杂技。我像个比目鱼一样尽量舒展自己的四肢，平躺在树荫下凉爽的石头上。路博紧挨着我，他正聚精会神地盯着地上爬行的蚂蚁。

　　当我感到口渴难耐的时候，就摇晃着走到金鱼池边，咕咚咕咚地大口喝里面的水。路博也一样懒得动弹。但主人是了解我们的，所以她在去工作室的路上给路博带来了一罐子水。

　　如果天气再这么热下去，我们就把脚丫泡在金鱼池里，吓吓他们，也让他们出点儿汗。

八月

8月3日

已经进入夏季，我这一身卷毛可太厚了。如果住在大西洋边上的话，气候对水犬根本不是问题，因为我们可以在水里洗澡降温。

可是这里，我现在住在什么样的地方呢？！每次出门散步的时候，我都要寻找那些带着大西洋温度的水域。那些从山上流下来的溪流、河水，带着它们的清凉流过这里。当我从水里钻出来时，人们就会发现其实我是很瘦的。

有朝一日等我长大，也要剪一个狮子造型！

我的皮毛在干爽的时候看起来很华丽，脑袋周围的毛发都是一绺一绺的卷毛，用一个词语来形容就是：毛发丛生。我头上的毛摸起来也十分柔软，像刚刚洗过一样。大家都知道在众多的狗狗家族里，我们水犬拥有最精美的皮毛。还有后面——在我的臀部周围也有浓密的卷毛，一直延伸到脚趾的部位。世界上没有一个理发师能做出这么美的卷毛。

　　即使这样，主人还是要带我去理发店转转。现在我有了一个夏季造型，灵感来源于我的罗马祖先：一头狮子毛从头顶一直垂到胸前，包括前腿，都留着长长的毛发，而后半个身子直到后脚爪都剪得短短的，尾巴上的毛也同样剪得短短的，而到了最后面却剪成卷曲而蓬乱的扇形。

　　这样一来，至少身体的后半段比以前凉快多了。

头顶上的毛：丝绸般柔滑并且很长（耳朵也是）

背上的毛：非常卷曲，其中夹杂着些许白色毛发

尾巴上的毛：前端很短，后面是一个长毛扇子

8 月 13 日

今天是主人的生日。我
的生日也快到了，不过要晚几
天。我们严格保密，没有告诉
任何人今天要庆祝生日，而且
是整整一天哦。

祝你生日快乐，
万事如意！
最最亲爱的主人！

我们秘密地开车去了海边，带着一些精致的美
食，享受我们俩独处的美好时光。我们悠闲地躺着，
紧紧依偎在一起，或者游泳、扔球，饿了就吃点儿
点心。我们带了那么多东西，简直好吃死了。我紧
紧地靠着主人，懒懒地打发时间，偶尔用鼻子撞撞
她。当我把球球从水里捞回来的时候，在奔跑中难
免会笨拙地踩到她的脚，这是我能送她的最棒的生
日礼物了，从她闪闪发亮的眼睛里我能看得出来。

8 月 18 日

我终于能跟路博单独在一起多待一会儿了，待
到晚上，直到天黑为止。因为主人有很多事情要做，
没有时间陪我了。

不过路德维希和罗莎倒是有时间，而且这时候

也正需要他们。因为我现在已经长得很壮实了，所以大人不让路博独自带着我去遛弯儿。我现在很容易就能把他撞翻在地，上次偶然遇见尼罗的时候已经发生过一次了。当时我一看见尼罗就高兴得忘乎所以，马上朝他飞奔过去，忘了绳子的另一头儿还有个路博。路博突然变得那么轻，一下子摔倒在地上，手脚着地，他是在我身后被硬生生地扯过来的。不过他只受了一点点擦伤，我发誓。接着我舔了舔他的伤口作为安慰。

但是今天我们完全不是这样了。路德维希、罗莎、路博，还有我，我们一起先去了我的"狗狗乐园"。路德维希和罗莎有时候走得很快，有时候又走得太慢。看来我暂时还跟不上他们的步子，他们会时不时地停下来等我。不过我很快习惯了他们，后来我不仅能跟上他们的步伐，还能给自己腾出尿尿和便便的时间，这当中我还有大量的时间东闻闻西看看。路博懂这些。路德维希和罗莎也有了聊天儿的时间，他们需要安静一会儿。在一片大草地上，路博给他们讲解我们应该怎么玩儿躲猫猫的游戏，可这时路德维希和罗莎已经想回家了。

至少路博和我现在已经玩儿了很多我们喜欢的游戏，所以我们需要休息一下。当路博看书的时候，我把头枕在他的肚子上。周围是那么安静，偶尔会有一辆汽车从身边经过，有时候还会有电锯和割草机的轰鸣声，或者有其他的狗狗留下的最新的记号。我随时都竖起耳朵关注着各种声音，即使是在熟睡的时候，我也能用鼻子捕捉到周围路过的那些气息。我会翕动鼻子——动耳朵我也会——但是只能一会儿，问题是还有谁会翕动鼻子呢？因此我能非常精确地辨认出某种气味是从哪个方向飘过来的。我的鼻子长得黑黑的，你也是黑鼻子吗？甚至我的嘴巴里也有颜色呢，上颌有，舌头下面也有，这对我洁白光亮的牙齿更有好处。我的牙齿没少被人嫉妒，还有人甚至很害怕它们。他们不知道，我连苍蝇都不会故意去伤害的。但是苍蝇总要停下来休息一会儿，连点儿"嗡嗡"声都听不到。路博肚子上温暖的气息和有规律的心跳让我有些倦意，不知不觉地竟睡着了。就这么简单。

我的胶带球

8 月 25 日

这里的地形我都已经记住了：能跳上去的大石头，可以安全着陆的地点和岸边的鹅卵石浅滩。现在他们正在游泳。我应该先游向谁啊？是游向路博还是游向主人呢？为什么他们不在一起？为随时准备采取救援行动，我应该更注意谁？

在兴奋紧张时我一定要大声叫唤，虽然主人总是因此责备我，因为这会吓坏所有的小朋友，而且孩子们的妈妈会严肃地盯着我们。说不定以后会禁止我们来这里游泳了。唉，为什么要把事情搞得这么复杂呢？我必须无条件地下水保护他们俩，最好是能绕着他们游。而且当我下水之后，我要更加频繁地叫唤，以便让他们知道：我就在这里。我要一边照看着路博，一边留心着主人，同时照看他们两个。

在这个世界上，只有我们水犬是最棒的水中健儿，并不是人类。但是人们怎么会知道这个事实呢？我在水里坚守着，直到路博和主人都回到岸上去，我才终于能够放松下来稍稍休息一下。又一次平安无事！

水犬的特别标志：*有脚蹼*

葡萄牙水犬的特别标志：*有强劲的颈背肌肉*

狗狗施奴佛的特别标志：*舌头末端有棕色斑点*

九月

9 月 6 日

今天是我的第一个生日——也是我那七个兄弟姐妹们的第一个生日。你们现在在哪里呢？你们都好吗？玛丽的情况我知道，可是其他的兄弟姐妹呢？

我一直摇晃着尾巴陪主人站在厨房里，听她讲述：我们已经在一起多长时间了，开始时她怎么在心底梦想着有我这样一只狗狗，后来我们又是怎么成了一家人。我也对主人描述，什么东西是我最喜欢的：我最喜欢跟她一起去什么地方——有冰川舌的我们滑雪的地方，还有我们的游泳池以及我们曾经一起去过的所有地方。当然也包括现在，这里。

我竖着耳朵，主人正给我唱着什么——当然是生日歌啦："有一只可爱的狗狗，悄悄地来到了厨房，

141

偷了厨师的一枚鸡蛋。"这种事情反正我是不会做的。我从来不偷东西！这有损我们每只捕鱼犬的名声！你想啊，如果我的祖先从船上偷了捕上来的鱼，那他的航海生涯也就差不多该结束了。不对不对不对，我从不偷东西。

听到歌里唱到"狗狗们来到一个地方，给自己挖了一个坟墓"时，我的嘴角耷拉下来了。这么让人伤心的歌曲——主人怎么没有给我一个安慰，也没有做些能让我开心的事呢？

"施奴佛，我要给你一个惊喜：一件生日礼物。"主人现在开口了。我歪着脑袋思考着，礼物会是什么呢？只能跟着主人去瞧瞧了。

我紧张地看着主人，这次我们要到哪里去呢？我们的车开向了玛丽家的方向，但是没有在她家停下，真奇怪，我们最后停在了她邻居的邻居家。这家也养了只狗狗，名叫巴瑞。没关系，跟谁一起玩儿我都会很高兴。主人跟着那个农民消失在房子后面了，他们干什么去了呢？巴瑞跟我到处跑着，但我们必须要安静一些，因为这里还住着母鸡呢，说不定她们很胆小。主人和我挑选出了两只又小又温

现在我还要
再长一点点!

顺的小鸡，如果我没挤过去的话，他们会吃主人手里的食物。他们身上有漂亮的黑白斑纹，羽毛精致顺滑，真是两个柔软的绒毛球啊，跟我们之前的小鸭子差不多。但那些小鸭子现在已经长得很大了。

主人从这些绒毛球中挑出了两只，说："这是你的了，这两只。在我们狗狗杂技中，可以有狗狗和小鸡的表演了！"这时我又歪了歪脑袋。没听错吧？这是给我的，练狗狗杂技用的？我兴奋地在主人身边跳来跳去。那么以后我们就可以一起游戏一起练习，来客人的时候可以一起表演狗狗杂技了？我时刻准备着！

我们把小鸡装在一个大盒子里，放在后座上靠着我，我们一起回家去。时不时地我要把鼻子伸到盒子里，我必须看一下，他们是否真的还在里面，我的新杂技伙伴。但是我每次都赶快把头缩回来，看他们时，那不安的"叽叽喳喳"声也让我害怕。

小鸡们住进了鸭子夫妇的别墅，这里有足够大的地方给鸭子夫妇一家和这两只新来的小家伙。家里已经有我了，不需要别人。主人也为小鸡们搭了睡觉的梯子，这种东西对我来说简直太不舒服了。为了欢迎他们的到来，我跟主人一起去喂他们。主人把磨碎的谷粒放在手心上，我小心翼翼地把脑袋藏在主人的胳膊后面，主人不允许我再靠近一点儿。这两位新的杂技伙伴还有一点点怕我，其实我也有一点点怕他们呢，怕他们那刺耳的大嗓门。

但是我们已经尝试过一起表演一个小型杂技，主人在一旁协助我们。

喂完小鸡终于轮到我吃饭了，当然是美味的生日大餐：猪腿肉拌鱼碎！一大碗都被我吃得干干净净，碗底也舔得锃明瓦亮的。真是太好吃了！然后我找到主人的脚，我要趴上去，享受主人的抚摩和挠痒，直到我慢慢地进入梦乡。我梦见自己匍匐穿过凳子，跳圈圈，优美地翻跟头，观众们眼睛瞪得大大的，发出赞叹声。

我满意地哼唧着，把鼻子搭在我的羊毛垫子上，闻着大家的味道：小鸡的，路博的，主人的。蒙眬睡意中我能清楚地感受到：我们真的亲如一家。

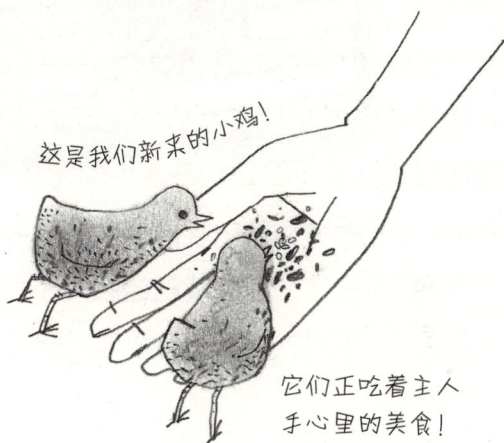

这是我们新来的小鸡！

它们正吃着主人手心里的美食！

你还能认出我吗？我已经一周岁了。你看我已经长大了，对不对？

后记

狗狗施奴佛的小小他传

生命中的第一年——用人类的记数方式——可能是狗狗施奴佛一生中最最重要的一年。在以后的日子里，它可能再也不会像第一年那样学到那么多东西。

施奴佛已经学会如何与大人、小朋友、老年人、青年人，以及不同种类的狗和许多其他种类的动物相处。除了水犬典型的行为方式之外，与外界的接触也影响着施奴佛：它会成为一只孤僻的还是合群的狗狗，它是否喜欢小孩子，它喜不喜欢与他人共处以及许多其他方面。

同样的，施奴佛还学到了很多日后成为它生活习惯的东西。它会经常重复那些仅接触了一次就了然于心的事情，会重复一辈子。比如在出门散步之前，施奴佛总是坐在那里，鼻子朝着门的方向等着主人给它套上皮带。我当然喜欢它这样。但是也有另一种可能，因为一些不经意的行为方式而养成不良的生活习惯。施奴佛在散步的时候总是自顾自地忙着享受鼻子的盛宴，却疏于对主人的留意，这就是个典型例子。但无论如何，施奴佛都是一只好学的狗狗，并且能为很多事做出改变。

可惜的是，狗狗的冲动、精神混乱和不好的生活习惯都是在第一年里形成的。一年之后，这些习惯就会使主人再也无法应付，只得把狗狗送进学校。在那里狗狗们会得到专业的帮助，驯狗师会让狗狗重新养成良好的习惯。如果没有这些人的帮助，我在养我的第一只狗——施奴佛的时候怎么能对付得了呢？大家都是会犯错的，但是从错误中我们必须学到些什么。从这个角度来讲，犯错是件好事。重要的是，我们要不断地进行观察思考，对象不仅仅是我们自己，还有我们的爱犬，我们的宠物。施奴佛有着很强的个性，或者说它非常固执。而且作为一只公狗，一只雄性狗狗，生活也并不是件容易的事情，虽然施奴佛总能把我还有其他人逗笑。

施奴佛已经在第一年内学会了如何与我们相处。它学着理解人类，也学着如何在人类面前清楚地表达自己。这种特殊的沟通方式完全是个体之间的协调，比如狗狗施奴佛和它的主人之间的沟通。人类与动物之间的关系，很难有其他能够像主人与他的爱犬之间的关系一样紧密的。这种关系让人欢喜让人忧，特别是当主人们突发奇想地要外出几天，去海边游游泳或者去看望外婆，住一下带泳池的旅馆而必须离开狗狗的时候；又或者室外正刮风下雨，主人们更想待在温暖干爽的屋里，不想带狗狗出去遛弯儿的时候。然而主人与狗狗之间的感情是无法切断的，一天甚至一小时都不可能，它一直就在那里。

第一年的时候狗狗还是幼犬，是小狗崽。这意味着，在大狗狗们面前它大可放肆一些，或者不计后果地调皮捣蛋。以后随着狗狗慢慢长大，这一切都会有所改变。

因为我们想和一只健康的狗狗共同生活，那么我们就要有很多注意事项。在第一年里，施奴佛只能吃小狗的狗粮，因为它的女主人太懒，而且也没有经验，不会自己做狗食。对一只正在成长的狗狗来说，营养是非常重要的。同时为了健康也要预防疾病，加强免疫。施奴佛的第一次接种是在大约两个月大时，用为期三到四周的时间完成的。它在半岁时要打虫和定期除虱，在狗狗身上总能找到虱子。总之让狗狗不舒服的事让人也不痛快，反过来让人不愉快的事让狗狗也不好受。

除此之外，更重要的是主人要有足够的时间陪他们的狗狗游戏、户外散步、进行爱抚等。通过这些举动可以让狗狗从精神上和行为上愿意服从，也会让它更加健康。比如施奴佛非常灵活，那就让它多参加一些狗狗的运动。因为我们两个都喜欢一些动作技巧，我们就在家里面一起练习。其实我是把施奴佛在我面前做的动作进一步改进后，变成了一些动作技巧。比如，它睡觉时很喜欢在我的床下匍匐爬行，经过训练它现在可以听从我的命令匍匐穿过板凳、平衡木和躺椅。这看上去非常滑稽可笑。它的杂技表演给我带来很大的乐趣，如同带给它的一样。有了它，我们在一起的时光是那样美好！

现在，终于要结束了。施奴佛正稳稳地坐在它的漂亮的狗狗座位上，面对着我并明确地向我示意：它要出去玩儿了！好吧，待会儿见！

雷娜特·哈宾格